行话

Philip Roth

Shop Talk

A Writer and His Colleagues and Their Work

[美] 菲利普 · 罗斯——著　　蒋道超——译

上海译文出版社

献给我的朋友 C. H. 于韦勒(1916—2000)

目　录

与普里莫·莱维在都灵的谈话

［一九八六］

一九八六年九月到达都灵的那个星期五，继前一年春日午后的伦敦一面，我与普里莫·莱维再次开始对谈。我请求他带我参观油漆厂。起初他在这里被聘为研究化学师，后来一直到退休都担任经理。公司总共聘用了五十位员工，他们主要是在实验室工作的化学师和在车间工作的技术工人。生产机械、成排的储存罐、实验楼、装在大型集装箱中待运出去的成品、净化废气废水的处理设备等都被放置在离都灵七英里远的方圆四五英亩的地方。烘干树脂的机器、搅拌清漆的机器以及抽吸污染物的机器的声音绝没有使人感到痛苦和恼火，堆置场里刺鼻的气味——莱维告诉我，他退休两年后衣服上还黏附着那种气味——完全没有使人感到憎恶，三十码长的垃圾箱装满了防污染过程中排出的黑色泥浆质地过滤渣，这也并非特别不堪入目。这里算不上是世界上最丑陋的工业环境，却远离莱维自传性叙述中那种特有的精神境界。

尽管与他的散文所表达的精神相距甚远，工厂显然离他的心很近。注意到噪音，恶臭，杂乱交错的管子、大桶、箱子以及刻度盘等，我想起了《猴子的痛苦》中那个技术装配工福索内。他对莱维说："我不得不告诉你，在一个工地上转悠是我喜欢的事。"莱维把福索内称为"我的另一个自我"。

我们走过开阔的庭院来到实验室。实验室是他任经理时建造的简易两层楼房。路上他对我说："我离开工厂已经十二年了。这对我来说将是一场历险。"他说，他相信几乎每一个曾经与他一起工作过的人现在不是退休了，就是去世了，而实际上，他碰到几个仍在那儿工作的人，看他反应仿佛是撞见了鬼魂。有人从他原来的办公室里走出来欢迎他归来，他对我耳语道："又一个鬼魂。"原料要在实验室里仔细检查后才能被移至生产部门。在去这个实验室的路上，我问莱维是否能嗅出弥漫于走廊里的淡淡的化学气味：我觉得闻起来像是在医院走廊里。听了我的问话，他只是微微地抬起头，将鼻子对着空气嗅了嗅，然后脸上挂着微笑对我说："我知道并可以像狗一样对它进行分析。"

在我看来，他内心充满了活力，更像森林中最具诡计与智慧的那些速度极快的小动物。莱维个头不大，身材瘦小，不摆架子，起初给人的印象是体格柔弱。从表面上看，他就如十岁时一样灵活、敏捷。在他的身上和脸上，你会发现他十岁时那样的脸和身体，而这在许多人身上是看不到的。他身上的那种机灵几乎是明显可见的，而颤动于其体内的那种敏锐就像是他的指示灯。

乍一想，这可能令人吃惊，但实际上作家就像其他人类一样可分为两类：那些听你叙说的和那些不听你叙说的。莱维倾听别人说话；他的下巴上蓄着白色的胡须，一张脸恰似一尊模型，虽然六十七岁年纪，但看上去却像潘神一样年轻，像一位教授，脸上表情充满好奇与敬意。福索内早在《猴子的痛苦》中就对莱维说过："你这个家伙，居然使我向你讲述了这些故事。除你之外，我从没有告诉过别人。"我相信他这话。难怪人们总是把事情告诉他，每一件事在书写出来之前都已被忠实地记载下来：他在倾听时专心、安静，就像金花鼠在石墙上发现了陌生的东西一样。

莱维与妻子露西娅居住在一幢大而坚固的房子里。这幢房子建于他出生前几年，实际上他就是在这里出生的，因为这里曾是他父母居住的地方。除了在奥斯威辛的那一年和被释放后冒险的那几个月之外，他一生都居住在这幢房子里。房子坐落在一条两旁是住宅楼的宽阔大街上，它使我在这意大利北部看到了曼哈顿西区大道：川流不息的小汽车、公共汽车，在轨道上飞速驶过的电车，还有沿着大街两边无限伸展开去的一排排高大的栗子树，从路口可以看到的城边的绿色山丘。房子的稳固性已开始有点显示出岁月的侵蚀。直接穿过莱维所称的“迷人的都灵几何构造”，到市商业中心著名的拱顶走廊需步行十五分钟。

自他们夫妇在战后相识成婚以来，莱维的母亲一直就与他们居住在这幢公寓里。她已经九十一岁高龄。莱维九十五岁高龄的岳母居住在离他们不远的地方；他隔壁住着他那个二十八岁的物理学家儿子；再往前几个街区就是他三十八岁的植物学家女儿。在当代作家中，还没有哪位几十年一直自愿与自己的直系亲属、出生地、地区、祖先的世界，特别是当地的工作环境——在主要为工业区的都灵、菲亚特所在地，保持如此直接、不间断的联系。在二十世纪有智慧的艺术家当中——莱维的独特之处在于他更多表现为艺术化学家，而非化学作家——他可能是对周围生活适应得最彻底、最好的一个。也许对普里莫·莱维来说，与群体互为联系的生活，以及他关于奥斯威辛的代表作，构成了他对那些尽一切可能割断他每一个持久的联系并把他和他的同类从历史上抹去的人，所作出的深刻而激烈的反应。

在《元素周期表》中，首段用最简洁的句子描写了化学最令人满意的过程之一。莱维写道：“蒸馏很美。”接下来的内容也是蒸馏，即把我们在一个漫长的周末，多数在莱维家门厅旁边静谧的书房里用英语进行的活跃、广泛的对话提炼为精华要点。他的书房很宽敞，但装修简朴。里面放了一张绣花的旧沙发和一把舒适的椅子；办公桌上是一台加罩的电脑；办公桌后面的书架上堆放着莱维五颜六色的笔记簿；书房周围的书架上到处都是意大利文、德文和英文的书籍。最唤起人记忆的是一个最小的物件：一幅不醒目的关于奥斯威辛集中营半被毁坏的带刺铁丝网的素描。挂在墙上更醒目的是莱维亲自用绝缘铜线很巧妙地扭曲成各种形状的趣味作品。那些电线上涂有一层清漆，实验室研发这种清漆的目的就是用于绝缘。作品有一只大蝴蝶、一只猫头鹰、一只很小的蟑螂。办公桌后面较上方还有两件最大的作品：一件是电线制作的猎鸟者；另一件，当我猜不出代表什么的时候莱维解释说，那是“一个玩弄鼻子的男人”。“一个犹太人。”我建议说。“是的，是的，”他笑着说，“当然是一个犹太人。”

罗斯：在《元素周期表》中，就是那本关于你作为一个化学家“强烈而又辛辣的”经历的书中，你谈到了朱莉娅，你一九四二年在米兰化工厂工作时那位迷人的年轻同事。朱莉娅在解释你的“工作狂”状态时认为，那是因为你在二十出头时见到女人很腼腆，没有女朋友。但我认为她的判断是错误的。你工作狂的真正原因源自更深刻的因素。工作似乎是你的主题，不仅体现在

《猴子的痛苦》中，而且还体现在关于你在集中营被监禁的第一部书中。

“劳动创造自由”几个字被纳粹刻在奥斯威辛集中营的大门上。但在奥斯威辛集中营的工作是对工作可怕的戏仿，毫无用处，毫无意义，只是作为一种导致痛苦死亡的惩罚。或许可以把你的整个文学创作视为致力于恢复工作的人道意义，即将奥斯威辛集中营雇主们以嘲讽挖苦的方式玷污了的工作意义恢复过来。福索内会对你说：“我所从事的每一项工作就像是初恋。”他喜欢谈论他的工作就像喜欢他的工作一般。福索内通过劳动使自己成了真正的自由工人。

莱维：朱莉娅把我当时疯狂工作归咎于我在女孩面前腼腆是不无道理的。这种腼腆，或者抑制，是名副其实的、痛苦的、沉重的——对我来说比对工作的忠心更重要。我在《元素周期表》中描述的米兰工厂里的工作是模仿性的，因此并非我所盼望的。一九四三年九月八日，意大利休战的灾难消息已经广为流传。如果对此不理不睬，继续埋首毫无意义的科学活动岂非愚蠢可笑。

我从未试图认真分析我这种腼腆性格，但毫无疑问的是，墨索里尼的种族法律起到了重要的作用。其他犹太朋友成了其牺牲品，有些“雅利安”同学嘲笑我们说，我们的割礼就是阉割。我们出身在清教徒家庭，因此至少在潜意识上也倾向于相信这种说法。那时工作对于我来说是一种性的补偿，而非出于真正的激情。

然而，我也充分认识到，离开集中营之后，我的工作，严格说是两种工作（化学和写作），在我生活中确实起了且仍然在起着重要的作用。我深信，正常人在生理构造上注定要从事具有目的性的活动，无所事事或者无目标的工作（如奥斯威辛集中营的工作）则导致痛苦和萎缩症。以我的情形看，以及以我的另一种自我——福索内——的情形看，工作就等于“解决问题”。

我在奥斯威辛集中营常常看到一种希奇古怪的现象。“出色工作”的要求很严格，结果致使大家在从事缺乏独创性的日常零星工作时也追求“出色”。那位连续六个月偷偷给我送食物、救我性命的意大利瓦匠痛恨德国人，痛恨他们的食物、他们的语言和他们的战争。但当他们安排他去砌墙时，他把墙砌得又直又坚固。这并非出于服从而是出于专业尊严。

罗斯：《奥斯威辛集中营幸存记》的最后一章是“十日传奇”。你以日记的形式描述了如何经历了从一九四五年一月十八日至二十七日的痛苦。纳粹带着大约两万名“健康的”囚犯向西逃走后，集中营临时凑合的医院里只留下了你和少数患病或垂死之人。这里所叙述的故事我读起来就像是鲁滨逊的地狱漂流记。你，普里莫·莱维，就像鲁滨逊，从残酷邪恶的岛上攫取生存之必需。这部分及整部书给我留下深刻印象的是，一颗实际、高尚的科学心灵的思考在多大程度上使你得以生存。在我看来，你的幸存并非由单一的生物力量或者难以置信的运气所决定，而是由你的专业性格所决定：讲究精确的人，追求秩序原理的实验控制者，他所重视的一切都被颠覆。就算你是恶魔般的机器中一个编了号的部件，你也是一个总在用一颗系统化的心灵去理解的部件。在奥斯威辛集中营里，你自语道“我思考得太多”以抵制“我过于开化”。但对我而言，那位思考太多的开化人与那位幸存者是分不开的。科学家与幸存者是同一个人。

莱维：千真万确，你说到点子上了。在那难以忘怀的十天里，我确实感到像鲁滨逊，但有一点重要的不同。鲁滨逊为他个人的生存而工作，而我和两位法国同伴则有意识地、幸福乐意地为一个正义的人类目标而工作，去拯救我们患病同志的生命。

至于生存的问题，我无数次自问，许多人也问过我这个问题。我坚持认为没有普遍的规则可言，只是进集中营时身体健康，会说德语。除此之外，唯有听天由命。我注意到，活下来的人中有精明的人，也有愚蠢的人；有勇敢的人，也有胆怯的人；有“思想家”，也有疯子。就我的情形而言，运气至少两次起到了重要的作用：一次是领我见那位意大利瓦匠；另一次是我唯一一次生病的时候，且病得正是时候。

虽然我同意运气占绝对上风，但你所说的还是有道理的，即思考与观察是生存的因素。我记得在奥斯威辛那一年的生活中，精神处于异常饱满状态。我不知道这是否是因为我的专业背景，或者是毋庸置疑的毅力缘故，或者完全是本能缘故。我不停地记录着身边的世界与人，结果他们在我脑海中的形象仍然难以置信地清晰。我强烈地希望去了解，难以抑制自己的好奇心。后来事实上有人认为这只是一种怀疑一切的心理：当一个自然主义者发现被移植到一个骇人听闻却是新的环境时，他所抱的好奇心。

我同意你的观点，即我的那句话，“我思考得太多……我过于开化”，与另一种心态有所抵触。但请准予我拥有不一致思想的权利：在集中营里，我们的心态不稳定，每时都摇摆于希望和绝望之间。我想，在我的书中可以发现的那种一致性是人造的、文饰的、事后的产物。

罗斯：《奥斯威辛集中营幸存记》起初用英语出版时的书名是《如果这是一个男人》。该书是对你意大利语书名的忠实翻译（你的美国出版商起先应有保留那个书名的见识）。你依据确切的数据，描写和分析了你对德国人“大规模的生物和社会实验”的可怕记忆，展现了一个人可以像化学反应中的物质一样，变形或分解，失去其应有的特质。《如果这是一个男人》读起来就像是一位道德生物化学理论家的回忆录，记载了其被强征为标本生物，去经历最为邪恶不幸的实验。那个被困于疯狂的科学家实验室中的生物自己就象征了理性的科学家。

《猴子的痛苦》一书可能最准确的名字应该是《这是一个男人》。在这本书里你告诉福索内，即你那个蓝领山鲁佐德，“在世人眼里是位化学家，感到……血管里流淌着作家的血液”，结果“我身体里有两个灵魂，那对我来说太多了”。不过，我却要说那是一个灵魂，而且是令人羡慕地宽敞、密封的。我还要说，不仅幸存者与科学家是不可分的，而且那位作家与科学家也是不可分的。

莱维：与其说这是一个问题，倒不如说这是一个诊断。我心存感谢地接受这一诊断。在集中营生活时我尽最大可能表现出理性。我撰写《如果这是一个男人》这本书就是挣扎着去向别人和我自己解释我所经历的事件，但却没有明确的文学企图。我的书写模式（或者，如果你喜欢的话，我的风格）是工厂里惯常使用的那种“每周报告”的形式。它必须精确、凝练，使用的语言在工业等级体制中每一个人都能理解。当然不能使用科学术语。顺便说一下，我不是一位科学家，也从来没有是过。我确实想成为科学家，但战争和集中营阻碍了我梦想的实现。因此，我整个专业生涯中就只能局限于当个技术员了。

你说我只有“一个灵魂……而且是……密封的”，我再次对你表示感激。我说过“两个灵魂……太多了”，那半是玩笑，半是暗示一些严肃的事情。我在工厂里干了几乎三十年，我必须承认，当一个化学家和当一个作家并没有什么不相容的地方——实际上，两者还互为强化。但工厂生活，特别是工厂管理，包含许多其他事情，远不止化学问题，如聘用和开除工人，与老板、顾客和供应商等争吵，处理突发事件，在夜晚或者在派对上时突然有电话找你，应对官僚问题，还有许多枯燥乏味的任务要完成。这整个行业与写作都形成了无情的不相容，因此需要相当的心灵平静。最终当退休年龄到了，可以辞职时，我大大地松了口气，于是放弃心灵本身。

罗斯：你的《如果这是一个男人》续篇（《再度苏醒》，也不幸被早期美国出版商重新命名）在意大利语中的名字是《停战》。它讲述了你从集中营回到意大利的经历。那曲折的路途，特别是在苏联等待被遣返回国的漫长酝酿阶段，颇具传奇色彩。《停战》应该充溢着悲悼和极度的绝望，却令人吃惊地充溢着旺盛的精力。你处于一个对你来说有时候就像是原始混沌的世界，但你顺从了生活。你被每一个人所吸引，如此开心，倾心接受教诲。我想，如果不考虑当时的饥饿、寒冷和恐惧，甚至记忆的话，那么，你在那几个月里应该过得最开心。用你自己的话说，那几个月是“一段无限可能的插曲，是命运赋予的无法重复的礼物”。

你似乎是一个对根源要求甚高的人，即在专业、祖先、地区、语言等方面的根源，而当你发现自己处于独自一人、毫无根基的状况时，你就把那种状况看成是一份礼物。

莱维：我的一个朋友，一个非常优秀的医生许多年前告诉我：“你对之前与之后的回忆是用白纸黑字写就，而对集中营和你返回家园的回忆则是用彩色印片法写就。”他说得对。家庭、家乡、工厂本身都是好东西，但它们剥夺了一些我留恋的东西：冒险。命运注定我要在被战争席卷的混乱不堪的欧洲找到冒险。

你也是干这一行的，所以你明白这些事情发生的意义。《停战》是在《如果这是一个男人》出版十四年后完成的，因此它的“自我意识”更强烈、更有条理，文学性更强，语言也更加深奥和精致。它讲述了真实，但那是经过了过滤的真实。之前它有过无数的口头叙述版本。我的意思是说，每一次冒险经历我都叙述了许多次，跟各种文化水平的人群说过（主要是朋友，还有高中的男女学生），而我每次讲述都加以润色改进以激起他们最佳的反应。当《如果这是一个男人》获得成功的时候，我开始把写作设计为将来的生涯。于是，我把这些冒险故事形诸文字。我的目的是在写作中获得乐趣，同时也使我的读者在阅读中获得乐趣。结果，我就强调奇异、异国和欢乐的章节——主要针对就近的俄罗斯人。我将你所说的那种“悲悼和极度的绝望”情绪放到了书的开始与结尾。

我要提醒你的是，那本书是在一九六一年前后写的。那几年是赫鲁晓夫、肯尼迪、教皇约翰等人物的时代，是初次解冻和巨大希望的时代。在意大利，你首次可以以客观的话语谈论苏维埃社会主义共和国联盟，而不会被右翼分子称为亲共产主义者，不会被强大的意大利共产党称为搞分裂破坏的反动派。

谈到“根源”的问题，我确实有深厚的根，而幸运的是，我没有失去这样的根。我的家人几乎都幸免于纳粹大屠杀。根据家族传说，我现在写作用的这张桌子，它的所在地恰恰是我初见光明时的地方。当我发现自己被“连根拔起”，当然感到痛苦，但这种痛苦被后来的冒险、人际交往，还有从集中营的浩劫中逐渐恢复的甜美感大大弥补。在历史现实中，我的俄罗斯“停战”只是在许多年后才变成“礼物”，那时我重新思考并开始书写这段历史，使其得到提炼和净化。

罗斯：你在《元素周期表》开篇就谈到你的犹太祖先，说他们于一五〇〇年从西班牙来到皮埃蒙特，路过普罗旺斯。你叙述了你的家族在皮埃蒙特和都灵的根源，并认为它“虽然算不上庞大，但也是根深蒂固，关系广博而又错综复杂”。你还提供了一本简明词典，里面收录了这些犹太人编造和使用的秘密语言，以区别于异教徒的语言。这些隐语中的词语来源于希伯来语词根，词尾是皮埃蒙特语。对于一个外人来说，你在犹太祖先世界的根源似乎不仅交错复杂，且在一种根本方式上雷同于你在那个地区的根源。然而一九三八年限制意大利犹太人的种族法律颁布的时候，你开始把自己是犹太人看成是一种“不纯”，但是就像你在《元素周期表》里所说的，“我开始为不纯而感到自豪”。

你的根源和你的不纯之间的张力使我想起，阿纳尔多·莫米里亚诺教授曾经写过关于意大利犹太人的文章。他说：“犹太人认为他们已成为意大利生活的一部分，但其实并没有他们想象的那么融入。”你认为你在多大程度上已成为意大利生活的一部分？你仍然不纯，是“微不足道的或大有前途的小东西”，或者说你那种独特的感觉已经消失？

莱维：在“根源”和感觉“微不足道”之间我并没有发现矛盾。你不需要种族法律或者反犹太主义或者笼统的种族主义，才能感觉自己是一种催化剂，对自己的文化环境的一种策励，将品位和意义带进生活的什么事或者什么人；然而，属于（不一定是种族）少数民族却是一种优势。换句话说，不纯可以证明很有用处。如果我可以反问这个问题的话，那么，你菲利普·罗斯，不觉得自己“根源”于你的国家，同时又是一个“微不足道的小人物”吗？我在你的书中察觉到刺鼻的芥末味[①]。

我想这就是你所引阿纳尔多·莫米里亚诺教授那段文字的意思。意大利犹太人（其他许多国家的犹太人也如此）对他们国家的文化和政治作出了重要贡献，但事实上又通过忠于他们的文化传统而保持着自己的身份。拥有两种传统，对犹太人来说——不仅限于犹太人，是一笔财富，就如同对于作家来说一样——还不仅限于作家。

我在回答你直率的问题时有点不安。是的，我肯定是意大利生活的一部分。高中学校阅读并讨论着我写的好几本书。我收到许许多多的信件，信件中有聪明的、愚蠢的，也有毫无意义的，但多为欣赏表扬而非异议和争吵的信件。我还收到想成为作家的人寄来的无用书稿。我的“独特性”在性质上发生了变化：我感觉自己不再是个边缘化的人，被迫居住在犹太人区，是个被放逐者，因为在意大利实际上没有反犹太主义。事实上，人们对犹太教很感兴趣，多表示同情，当然对犹太人的情感是复杂的。

我以自己的方式仍然保持着不纯，但个中原因已不同于从前：不再作为一个特别的犹太人，而是作为一个集中营的幸存者，作为一个局外人作家，不是来自文学或者大学机构，而是来自工

① 对应上文“大有前途的小东西”（a grain of mustard），mustard也有“芥末”的意思。

业世界。

罗斯：《若非此刻，当是何时?》与我读过的你写的其他用英语出版的作品一点都不一样。虽然直接取材于真实历史事件，但这本书显然是以冒险事迹为题材的小说，讲述了一小队俄罗斯和波兰血统的犹太人敌后游击队的故事。他们在东部前线后面骚扰德国人。你其他几部书也许在题材上并不富于想象，但让我感到在技巧上比较有想象力。《若非此刻，当是何时?》的动机似乎在倾向性上比促生自传性作品的那种冲动狭窄得多，所以作家无法自由施展。

不知你是否同意这样的说法：在书写那些反击的犹太人的勇敢事迹时，你是否觉得自己在做一件责无旁贷的事，在尽道德和政治主张的义务，而这些主张在其他地方并没有出现，即使当主题是你自己显著的犹太人命运。

莱维：《若非此刻，当是何时?》一书并没有按照预先设计的轨迹发展。驱使我撰写该书的动机是多方面的。按其重要性列举如下：

我与自己打了个赌：写了这么多彻头彻尾的或者伪装的自传，你是否已成为一个羽翼丰满的作家了？是否已有能力构建一部小说，塑造人物，描写从未见过的风景了？试试吧！

我打算写一个在意大利不多见的“西方”情节，为了满足自己。我还想让我的读者们感到满意，让他们听到一个内容真实、调子乐观的故事，一个充满希望，甚至有时令人振奋的故事，尽管它的背景是大屠杀。

我希望攻击一个在意大利仍然习以为常的思维定式：犹太人态度温和，唯做学者（宗教的或者世俗的），不喜战争，忍气吞声，几百年来遭受着迫害但从不反击。我觉得似乎有义务和责任向那些在绝望环境下有勇气和技巧反抗的犹太人表示敬意。

我胸怀抱负想成为第一个（也许唯一一个）描写犹太人世界的意大利作家。我打算“利用”一下在自己国家的知名度，影响我的读者阅读一本集中描写德系犹太人文明、历史、语言和心态的书。这些在意大利实际上不为人所知，除了一些阅读约瑟夫·罗斯、贝娄、辛格、马拉默德、波托克，当然还有你的书的深度读者。

我个人对这本书比较满意，其主要原因是我在策划和撰写过程中有不少乐趣。作为一个作家，我第一次，也是唯一的一次，觉得（几乎是幻觉）我的人物活了起来，围着我，转到了我身后，主动示意该怎么写他们的功绩和对话。我写书的那一年是快乐的一年，所以，不管结果如何，对我来说那都是一本使人感到自由的书。

罗斯：我们还是来谈谈油漆厂吧。在我们的时代，许多作家当过教师，有些当过记者，多数作家年过半百，在东方或者西方，至少在短时间内被聘为某人或者其他人的士兵。有相当多的作家边写书边行医，还有一些人当过牧师。T. S. 艾略特是出版商。众所周知的是，华莱士·史蒂文斯和弗朗茨·卡夫卡在大保险公司就过职。据我所知，只有两位有重要影响的作家当过油漆厂的经理：你在意大利的都灵，舍伍德·安德森在俄亥俄州的伊利里亚。安德森为当作家离开了工厂（和家庭）；而你没有挪窝，继续追求事业，而成了作家。我想知道的是，你是否觉得自己实际上比我们这些没有在油漆厂工作、没有这种关联所带来的含义的人更为幸运，甚至更具备写作的条件。

莱维：如前面所言，我进入油漆厂纯属偶然，但我从没有过多地跟油漆、清漆、真漆等的生产打交道。因为我们公司刚开张不久就专注于生产漆包线漆，铜制电导体的绝缘层。我职业生涯的顶峰时，在这个行业中名列前三十或者前四十。这里墙壁上悬挂的动物都是用废弃的漆包线做成的。

老实说，在你提到舍伍德·安德森之前，我从没有听说过他。我从没有像他那样想过，为了写作离开家庭和工厂。跳进黑洞洞的地方我会感到害怕的，那样我也会失去拿退休金的资格了。

不过，我还要在你的作家-油漆制造者的名单上添上第三位作家的名字：伊塔洛·斯维沃。他住的里雅斯特，皈依了犹太教，是《泽诺的意识》的作者，生活于一八六一年至一九二八年间。在很长一段时间内，他担任着的里雅斯特一家油漆厂的商务经理。这家工厂本由他岳父经营，几年前解散。一九一八年之前的里雅斯特属于奥地利，这家公司很有名，主要因为它为奥地利海军战舰的龙骨提供优质防污油漆，预防水生贝壳类动物在战舰上结层。一九一八年之后，的里雅斯特归属于意大利，油漆从此就被意大利和英国海军所用了。为了能够和英国海军部打交道，斯维沃开始跟詹姆斯·乔伊斯学习英语——当时，乔伊斯在的里雅斯特当老师。他们成了朋友，乔伊斯帮助斯维沃找到了出版商出版其作品。防污油漆的商标是摩拉维亚（Moravia）。这个商标名与那位小说家的笔名相同并非偶然：的里雅斯特企业家与罗马作家的这个名字来源于他们母系一位共同的亲属。请原谅我这种不着边际的跑题。

我已经暗示过，我没有遗憾。我并不认为管理工厂是浪费光阴，因为我在那儿强制性的、光荣的服务使我与真实世界保持着联系。

与阿哈龙·阿佩尔菲尔德在耶路撒冷的谈话

［一九八八］

阿佩尔菲尔德住在耶路撒冷西部几英里处一座迷宫一样的迷人的石头住宅里。隔壁的“归化中心”，是移民暂时居住、上学和为进入新社会做准备的地方。阿佩尔菲尔德于一九四六年十四岁时长途跋涉来到特拉维夫的海滩。似乎正是这次艰辛的跋涉培养了他对那些远离家园的人无法抑制的迷恋。在他和归化中心的住户买东西的当地杂货食品店里，他常常会即兴与埃塞俄比亚，或者苏联，或者罗马尼亚的犹太人搭话。虽然他们永远不会再回故国，但他们仍然穿着适合故国气候的服装。

那幢两层楼寓所的起居室装修简朴：几把舒适的椅子，书架上放着用三种语言写的书籍，四周墙上挂着他的儿子梅厄青少年时画的漂亮的画。他儿子现已二十一岁，服完兵役后一直在伦敦学习艺术。阿佩尔菲尔德另一个孩子依扎克，年方十八，最近才读完高中，正在部队服义务兵役，时间需三年，现在才是第一年。仍然在家的是他年方十二岁的女儿贝特雅。她是个非常聪明的女孩，满头黑发，一对蓝色的眼睛。这显然遗传了她阿根廷犹太人血统的母亲、阿佩尔菲尔德性情温和的年轻妻子朱迪思的基因。阿佩尔菲尔德家似乎营造了任何孩子都希望能够拥有的那种平静、融洽的家庭氛围。在阿佩尔和我成为朋友的那四年里，我每次到美瓦萨利锡安山拜访他，都会记得他自己的童年——作为纳粹集中营的逃离者，依靠自己走出乌克兰原始的荒野——与现在的理想家庭形成了最冷酷无情的对比。

我看到了阿佩尔菲尔德于一九三八年六岁时在布科维纳的切尔诺夫策拍的一张古式照片。这张照片是幸存下来的亲戚带到巴勒斯坦的。照片上是个灵巧文雅的资产阶级小男孩，机警地坐在摇动木马上，身上穿着海军衫。你难以想象，仅仅二十四个月后，这个小男孩就要在没有父母呵护的情况下，数年整日面对生存危机，躲在森林里以逃避猎杀。他那敏锐的头脑当然显而易见，但忍受了那可怕的冒险所需要的粗野的狡诈、未驯服的本能和生物具有的韧性是哪里来的呢？

隐匿于那个小男孩身上的神秘依然存在于已成为作家的他身上。五十五岁的阿佩尔菲尔德戴着眼镜，个头不高，圆圆的脸型，头已秃顶，但却结结实实，显示出的神气就像是一个有趣的、若有所思的慈祥术士。人们很容易把他当成一个在生日舞会上从帽子里取出一只鸽子逗孩子玩的魔术师，因为很难把他温和慈祥的面孔与他无法推脱的责任联系在一起：他智胜农民，在森林里搜索食物，写出一系列难以捉摸、怪异的故事，对大陆上所有的犹太人——包括他的父母——从欧洲消失作出反应。

他的文学题材不是大屠杀，甚至不是犹太人受的迫害。在我看来，他写的也不是犹太人小说，或者说，就此而言，也不是以色列小说。既然他是一个多数由移民组成的犹太国家的犹太公民，那么，他的小说也不是流放小说。尽管他的许多小说都发生在欧洲，并模仿了卡夫卡的小说，但这些用希伯来文写的书并非是欧洲小说。实际上，阿佩尔菲尔德所有的“不是”恰好构成了他所有的“是”，即他是个离开原有国度的作家，是个被放逐的作家，是个被剥夺的作家，是个失去根的作家。阿佩尔菲尔德是放逐小说的放逐作家。他用放逐和迷失方向的主题形成了自己独特的风格。他的敏感性几乎在出生时就由于他孤独地漫游于不祥的陌生之地而显示出来。这种敏感性自然造就了一种少有的独特风格，一种没有时间限制的推进和叙述冲动受到阻挠的风格，把放逐的心态不同寻常地散文化了。与其主题同样独特的是他那发自受伤的、处于遗忘和记忆之间意识的声音。这一声音所叙述的小说半似寓言，半似历史。

自从和阿佩尔菲尔德在一九八四年相识以来，我们常常沿着伦敦、纽约和耶路撒冷的大街漫步长谈。这些年来他给我留下的印象是玄妙深奥、爱谈奇闻轶事，是个民俗研究的巫士，是个睿智、说话简洁、瞎管闲事的人，是个沉迷于犹太人心态研究的分析家，分析犹太人的厌恶、追忆和狂热。然而，就如作家间的友谊常常发生的那样，我们在那些徒步漫谈过程中从来没有谈及我们自己的作品。这种情形一直持续到上个月，我来耶路撒冷与他讨论他已出版并被翻译成英语的十五本书中的那六本。

我们第一天下午会面之后就不再使用录音机。我沿途做些笔记，但大多数情况下我们只是交谈着，因为我们已经习惯如此——沿街漫步，或者停下来，坐在咖啡馆里休息。当谈话似乎穷尽一切之时，我们最后坐在一起想把讨论的核心内容综合处理一下形成文字，我用英语，阿佩尔菲尔德用希伯来语。阿佩尔菲尔德对我问题的回答由杰弗里·格林翻译。

罗斯：我发现你的小说仿效了上一代两位中欧作家的作品：一位是布鲁诺·舒尔茨，那位用波兰语创作的波兰犹太作家。他于五十岁那年在德罗赫比茨市被纳粹枪杀了。他曾经在德罗赫比茨与家人生活在一起，任教于一所高中学校。另一位是用德语创作的布拉格犹太人，卡夫卡。按照马克斯·布罗德的说法，他四十一岁生涯的多数时间里都“入迷地生活在家庭圈子里”。你的出生地切尔诺夫策在布拉格以东五百英里，德罗赫比茨东南一百二十五英里。

你的家庭成功富裕，高度同化，说德语，这与卡夫卡具有文化和社会的相似性；就如舒尔茨一样，你与家人一起遭受了纳粹恐怖带来的痛苦。然而使我感兴趣的并非生平方面的相似，而是文学方面的相似。我在你所有的作品中都发现了迹象，《奇迹年代》中尤其清晰。例如，小说开场的情节描写了一位母亲和敬慕她的十二岁女儿刚度完宜人的暑假，坐在火车上回家，一路尽情享受。这使我想起舒尔茨故事中的相似情景。仅往后面读几页就出现了卡夫卡似的出其不意。火车意外地在一个黑咕隆咚的破旧锯木厂旁停了下来。安全部队要求“所有非基督徒的奥地利旅客”都要在锯木厂办公室登记。这使我想起了《审判》——还有《城堡》。小说开篇主人公的合法地位也遭受了模糊不明的攻击。请告诉我，卡夫卡和舒尔茨与你的想象力有什么关联？

阿佩尔菲尔德：我于二十世纪五十年代在以色列这里发现卡夫卡。作为一位作家，他从与我第一次接触起就关系密切。他用我的母语德语和我说话——不是德国人的德语，而是哈布斯堡帝国、维也纳、布拉格、切尔诺夫策等地方讲的德语。顺便说一句，犹太人努力创造出了一种有别于其他德语的音调。

令我吃惊的是，他不仅用我的母语与我说话，而且使用我所熟悉的另一种语言，荒诞语言。我了解他谈话的含义。对我来说，那不是一种秘密的语言，我无需任何解释。我在集中营和森林里都待过，那个世界就代表着荒诞，那里的一切我都很熟悉。使人吃惊的是：一个从来没有经历过那里一切的人如何了解得这么多，而且细节准确？

紧随其后的是其他惊讶的发现：他客观真实的风格令人惊奇，他重行动轻解释，他简明准确、宽阔宏大的视阈充满幽默与反讽。好像那还没有穷尽，因为另一发现表明，在他作品中无定所、无家园感的背后站立着像我这样的一个犹太人，来自一个半同化家庭，其犹太价值观已失去内容，其内部空间已经荒芜，开始闹鬼。

使人惊奇的事情是，那种荒芜并没有带给他自我否定或者自我仇恨，而是一种对每一个犹太现象的强烈好奇，特别是对东欧犹太人、意第绪语、意第绪语戏剧、哈西德主义、犹太复国主义，甚至搬迁到巴勒斯坦托管地的理想等的好奇。这是卡夫卡日记中所显示出的倾向，与他的作品具有同等扣人心弦的魅力。我发现卡夫卡的希伯来语手写稿明显体现了他与犹太人的牵连，因为他曾经学习过希伯来语且有所掌握。他的手写体清晰漂亮，与他的德语手写体一样用心和专注，不过他的希伯来语手写稿还显示出他对这一与世隔绝的文字的热爱。

卡夫卡向我展示的不仅是这个荒诞世界的计划，而且还有它的艺术魅力，这正是我作为一个被同化的犹太人所需要的。五十年代是我寻找的时代，卡夫卡的作品照亮了我试图为自己开辟的狭窄之路。卡夫卡依仗的是内在的精神世界，企图对现实达到某种掌握，而我经历了集中营和森林这样实实在在、具体细致的经验世界。我的真实世界远非我的想象力所能企及，因此我作为艺术家的任务不是发挥我的想象力，而是要抑制它。即便如此，我似乎仍有困难，因为一切都是那么难以置信，自己好像就是个虚构体。

起先我努力逃避我自己和我的记忆，去过一种不属于自己的生活，去书写无关乎我自己生活的故事。然而，一种隐秘情感告诉我，我无法逃避我自己。如果我否认自己在大屠杀中的童年经历，那么我的精神就会处于畸形状态。直到我三十岁的时候，我才觉得可以作为一个艺术家自由地处理那些经历。

令我感到遗憾的是，我接触到布鲁诺·舒尔茨的作品为时已晚，当时我的文学手法已趋成熟。我当时觉得，且现在仍然觉得，自己与他的写作极其相似，但与我和卡夫卡间的相似不是一回事。

罗斯：在你翻译成英语的六部作品中，我们在《奇迹年代》中可以辨认出的历史背景轮廓鲜明。叙述者的作家父亲是卡夫卡的崇拜者；另外，我们被告知，那位父亲去参加一场关于马丁·布伯的知识辩论；我们还得知，他是斯特凡·茨威格的一个朋友。这里虽然只涉及外部世界的几个例子，但这一特征在我所读过的你的作品中并不多见。你笔下犹太人被艰难击倒的方式与卡夫卡笔下受害者遭遇不可抗拒的严峻考验如出一辙：没有任何理由，横空而出，他们所在的社会从表面上看没有历史或政治。《一九三九年的巴登海姆》中的一个犹太人，像所有其他地方的犹太人一样，要去巴登海姆卫生局登记。之后，他问道："他们要我们做什么？""难以理解。"另一个犹太人回答他说。

公共领域没有任何消息可以帮助阿佩尔菲尔德的受害者预知危险，逼近受害者的厄运也没有被描述为欧洲大灾难的一部分。历史的聚焦由读者提供，因为他们明白邪恶已笼罩欧洲，而受害者们对此却浑然不知。你作为历史学家的沉默不语，加上会意的读者的历史视角，解释了你的作品为何能产生那种独特的影响，也解释了以朴实的方式讲述的故事所产生的力量。另外，在把事件去历史化和背景模糊化的时候，你也许接近了人们感到的迷惑不解，因为他们没有意识到自己已濒临大灾变。

我想起来，你小说中成人的视角和孩子的视角一样有局限性，他们没有历史事件簿去定位正在发生的事件，也没有理智的方式去参透其意义。我想知道的是，你作为一个在大屠杀边缘的孩子所形成的意识是否反映在那简朴之中，因为你小说中逼近的恐怖就是以这种简朴方式观察到的。

阿佩尔菲尔德：你说得对。我在《一九三九年的巴登海姆》中完全忽视了历史解释。我想当然地认为读者对于历史事实已了然于心，由他们自己去填补空缺。你认为我在对第二次世界大战的描写中嵌入了儿童的视角，这似乎也有道理，但我难以确定《一九三九年的巴登海姆》的非历史性是否是源于存留在我心中的儿童视角。自从我成为一名艺术家以来，历史解释便与我格格不入。第二次世界大战中的犹太人经历并非属于“历史”范畴。我们遭遇到了原始神秘的力量，一种昏暗的潜意识。我们对其中所含的意义没有任何了解，时至今日我们仍然无法了解。这个世界似乎是理性的（有火车、发车时间、火车站和工程师），但这些只是想象的旅行、谎言和诡计，只有深奥的非理性冲动才能虚构出来。我过去不懂，现在仍不懂，那些凶手的动机。

我过去是个受害者，所以现在试图理解受害者的心态。三十年以来，我一直在研究这一广阔而又复杂的生活领域。我并没有将受害者们理想化，也不认为在《一九三九年的巴登海姆》中存在任何理想化。顺便说一句，巴登海姆是个相当真实的地方，类似的温泉疗养地散布欧洲，那里的人在繁文缛节上令人惊讶地具有小资产阶级趣味，十分愚蠢。还是孩提时，我就发现他们是多么的荒谬可笑。

时至今日，人们一般都认为犹太人机敏、诡诈、老于世故，世界上所有的智慧都集于他们一身。但当我们发现他们是如此容易上当受骗，该是多么有趣呀！人们使用最简单的、几乎是儿戏的花招就可以把他们集中在犹太人区，几个月饿着肚子，心中抱着虚假的希望，最后被火车拉着运到死亡之地。在写《一九三九年的巴登海姆》时，那种单纯一直浮现在我的眼前。在这种单纯里我发现了一种人性的精华。他们的目盲和耳聋，以及他们只全神贯注于自己的事务等构成了他们单纯的一部分。那些凶手很实际，知道他们需要什么。单纯的人总是不幸、滑稽的受害者，从没有及时听到危险的信号，混杂起来，乱糟糟一堆，最后掉在了陷阱里。那些缺陷使我感到陶醉。我爱上了它们。犹太人施用诡计统治世界的神话原来在某种程度上被夸大了。

罗斯：在所有翻译过来的书中，《齐莉》刻画了最艰苦的现实和最极端的痛苦。齐莉是一个贫穷犹太人家的天真无邪的孩子。她的家人在纳粹入侵的时候逃走，她被独自留了下来。小说详细叙述了她为生存而经历的骇人听闻的冒险，还叙述了她在为野蛮的农民工作时所遭受的不堪忍受的痛苦与孤独。这本书给我的印象与耶日·科辛斯基的《被涂污的鸟》极为相似。虽然不如《被涂污的鸟》那么荒诞不经，但《齐莉》塑造了一个胆怯的孩子，所处的世界比科辛斯基的世界更荒凉、更贫瘠。这个孩子与世隔绝，在不适合人类生活的地带上游移着，情形就如贝克特的《莫洛伊》。

就像齐莉一样，你于八岁逃离集中营时就独自一人漫游，最终来到一个陌生的地方，躲藏在不友好的农民中间。但我一直想知道，你为什么决定想象一个女孩子作为这一苦难煎熬的幸存者。你就没有想到不要虚构这一素材，而是把你的经历按照你所能回忆起的那样，写一本幸存者的书，就像普里莫·莱维那样直接描写他在奥斯威辛集中营的监禁吗？

阿佩尔菲尔德：我从来都不是按照事情发生的那样去写。我所有的作品确实是我最为个人的经历的一个章节，但它们不是“我生活的故事”。我生活中发生在我身上的一切业已发生，所以它们已经形成，时间已经将其揉捏成某种形状。照事情发生的原状写东西意味着自己要被记忆奴役，而记忆只是创作过程中一个微不足道的因素。在我的心里，创作意味着排序、分类和选择适合作品的词汇和节奏。材料当然出自自己的生活，但最终创作是独立的产物。

我曾几次尝试着去写我从集中营逃跑后在树林中的“我生活

的故事”，但我所有的企图都是徒劳。我想忠于现实，忠于真正发生的，但这样写出来的编年史般的叙述证明是个不太稳定的脚手架。结果质量非常粗劣，只是一个难以令人信服的想象故事。最为真实的东西反而很容易变得虚假。

你知道，现实总强于人类的想象。不仅如此，现实还使得它难以置信、不可解释、离谱过分。令我遗憾的是，创作出来的作品却不允许有上述所有特征。

大屠杀的现实超过了任何想象力。如果我紧扣事实的话，那么谁也不会相信我。但是当我选择那个比我当时稍微大点的小女孩的那一刻，我就把“我生活的故事”从记忆的紧紧控制中摆脱出来，交给了创作实验室。在实验室里，记忆不再是唯一的业主。在这里，你只需随便解释一下，用一个线索将所有的东西串在一起即可。罕见的例外只要构成整体结构的一部分，只要有助于理解，都是可以接受的。我必须将那些令人怀疑的部分从“我生活的故事”中删去，呈现一个更可信的版本。

我写《齐莉》时已年届四十。那时，我对艺术中天真的可能性颇感兴趣。天真的现代艺术能成为可能吗？我似乎已经发现，如果没有存在于孩子和老人身上的那种天真，艺术作品就会留下瑕疵。我曾试图消除那种瑕疵，但只有上帝才知道我成功了没有。

罗斯：《一九三九年的巴登海姆》一直被称为寓言似的、梦幻似的、噩梦似的，等等。尽管有了这些描述，这部小说还是令我困惑。读者被直截了当地要求敏锐地理解将奥地利一处优美的犹太人胜地变成一个阴森狰狞的舞台，在这儿犹太人被“迁移”至波兰，所发生的一切类似于希特勒大屠杀之前的那些事件。与此同时，你对巴登海姆和那儿的犹太居民的看法几乎是冲动时产生的那种乖张，而且对事情的因果关系态度漠然。这并不是说，书中险恶的情景会像生活中常发生的那样，没有任何警示或者逻辑就出现了，而是对于这些事件你的言语简练到令人难以理解的地步。如果不介意的话，请你解决一下我作为读者在阅读这部备受赞誉的、也许是你在美国最著名的小说时所遇到的困难。《一九三九年的巴登海姆》中的虚构世界和历史现实间的关系是什么？

阿佩尔菲尔德：在《一九三九年的巴登海姆》里面有比较清晰的童年记忆。每年夏天，我们就像所有其他小资产阶级家庭一样，出发到风景胜地去。每年夏天，我们都试图找一个静谧的地方，在那儿人们不会在走廊里窃窃私语，不会躲在角落里互相忏悔，不会干涉你的事，而且当然不会讲意第绪语。然而，每一年的夏天，我们好像被盯上似的，一再被犹太人包围。我父母因此感觉非常糟糕，气没有少生。

大屠杀之后多年，我开始追溯大屠杀之前的童年生活经历。

我发现这些风景胜地在我的记忆中占据了特别的位置。许多脸庞和身体的痉挛抽动栩栩如生。结果荒诞不经和悲剧性同样深刻地印在了我的脑海里。林中的散步和精美的膳食把人们聚集到巴登海姆，互相交谈，互相忏悔。人们不仅破例穿戴奢侈，而且说话自由，有时甚至绘声绘色。丈夫们偶尔会失去爱妻，不时有枪声划破夜空，那明显标志着爱情破灭。我当然可以艺术地再现这些宝贵的生活片段，使其具有艺术独立性。但我应该怎么办呢？每次打算重新建构那些被遗忘的风景胜地，我就会看到火车与集中营，我最深藏的童年记忆还沾着火车上的煤烟。

命运就像致命的疾病一样已经藏匿于那些人身上。同化了的犹太人建构了一套人文价值体系，并以此为坐标向外看世界。他们确信他们不再是犹太人，适用于“犹太人”的不再适用于他们。那种奇怪的确信使他们成为盲人或者半盲的人。我一直热爱着同化了的犹太人，因为那正是犹太性格，而且也许正是犹太人的命运得到最大强调的地方。

在《一九三九年的巴登海姆》中，我试图把童年时的情景与大屠杀时的情景结合起来。我的感觉是，我必须要忠于这两个领域。也就是说，我不应该美化受害者，而是要不加任何掩饰地按其本来面目刻画他们，但与此同时，我也要指出他们与生俱来的命运，虽然他们对此毫不知晓。

那是非常狭窄的没有栏杆的桥，很容易掉下去。

罗斯：你直到一九四六年来到巴勒斯坦才接触希伯来语。你认为这对你的希伯来语的散文有何影响？你有没有意识到，在你如何接触了希伯来语和你如何用希伯来语创作之间有无特别的联系？

阿佩尔菲尔德：我的母语是德语。我的祖父母讲意第绪语。我童年居住过的布科维纳，多数居民都是鲁塞尼亚人，所以他们都讲鲁塞尼亚语。政府是罗马尼亚人的政府，人人都要求讲罗马尼亚语。第二次世界大战爆发的时候，我八岁。我被放逐到特兰斯米斯特尔的一个营地。我从营地逃跑后，就和乌克兰人住在一起。因此我学会了乌克兰语。一九四四年，苏联军队解放了我。我就为他们当信童，因此懂了俄语。从一九四四年至一九四六年这两年间，我游荡了整个欧洲，学会了其他语言。我于一九四六年最终来到巴勒斯坦时，头脑里装满了各种语言，但事实上是什么语言也没有了。

我花了很大气力才学会了希伯来语。那是一种很难的语言，严苛而又苦行。它的古老基础是《密西拿》[1] 的一条谚语：缄默是智慧的篱笆。希伯来语教会了我如何思考，凝练用词，要求不

---

① 犹太教经籍，共六卷。

使用过多形容词，不要干预太多，不要解释。我说，它“教会了我”。实际上，那些正是它的要求。要不是希伯来文的缘故，我怀疑我是否能够找到通向犹太教之路。希伯来文为我提供了犹太神话的核心，它思考的方式，以及从《圣经》时代到阿格农时代的信仰。这是犹太人五千年创造性盛衰的一条粗壮的轨迹：《圣经》的诗性语言、《塔木德》[①] 的司法语言以及喀巴拉[②]的神秘语言。这一丰富性有时候很难应付，有时候会让人因其过多的联想或某一个词汇里所蕴藏的众多世界而感到窒息。不过不要紧，那些毕竟都是不可思议的资源。你最终在这些资源里寻找到的东西远远超过你起初想要的。

如同其他来到这个国家的大屠杀幸存者一样，我想逃避我的记忆，逃避我的犹太人身份，建立自己不同的形象。为了改变自己，我们无所不为地改变自己的外部特征：增高，变白，健体，变成异教徒。希伯来语听起来类似于异教徒的语言，所以我们很容易爱上了它。

然而奇异的事发生了。就是这一语言，我们起初把它看成是融入自我遗忘、融入对以色列土地和英雄主义的歌颂和赞美的手段，后来却违背我的意愿，诱使我进入了犹太教最秘密的宝库。

① 注释、讲解犹太教律法的著作，在犹太教传统中的地位仅次于《圣经》。
② 犹太教神秘主义派别。

从那时起，我再没有离开那里半步。

罗斯：生活在这样的社会中，你受到了新闻和政治争论的狂轰滥炸。然而，作为一个小说家，你渐渐摆脱以色列日常的骚动，而去思考显著不同的犹太困境。这一骚动对于一个像你这样的小说家意味着什么呢？成为这个自我揭示、自我表现、自我挑战、自我传奇化的社会的一名公民如何影响了你的写作生活？作为新闻来源的现实诱发了你的想象力吗？

阿佩尔菲尔德：你的问题触及了一件对我来说很重要的事情。是的，以色列从早到晚都充满了戏剧性事件，而这些戏剧性事件使有些人达到了陶醉的地步。这种狂乱不仅仅是外部压力的结果。犹太人的不满足和焦虑不安起到了部分作用。这里唧唧喳喳，人群密集，争论不休。犹太人的小镇子还依然存在。

这里曾经有一股很强烈的反移民倾向，凡是犹太的东西，大家都退避三舍。今日情形有所转变，但这个国家仍然骚动不安，纠缠在争论中，生活起伏不定。例如，今天我们有救赎，明日就是黑暗。作家们也被卷入这种争论之中。例如，被占领地区就不仅仅是个政治问题，而且还是个文学问题。

我是一九四六年来到这里的，当时虽还是个孩子，但已承受着生活痛苦的重压。白天我在以色列集体农场劳动，晚上学习希伯来语。多年来我就在这个狂热动荡的国家里到处游荡，迷失方向，没有希望。我在寻找我自己，寻找在大屠杀中失去的父母的面容。二十世纪四十年代，你会有种感觉，自己在这里又重生为一个犹太人，因此结果你会成为一个奇迹。每一种乌托邦观点都会产生那种气氛。不过，我们不要忘记，那是大屠杀之后的事。提倡强大并非仅是意识形态的问题。每一个角落里都响彻大喇叭的口号声："绝不要再像绵羊一样任人屠宰。"我殷切希望自己能配合那项伟大的活动，投身于建国的历程之中。我天真地相信，行动会压制我的记忆，我也因此会像当地人一样活跃起来，不再被梦魇缠绕，但我该怎么办呢？我需要，你会说，我必须，忠于我自己，忠于我的童年记忆，这使我变成一个冷淡而沉思冥想的人。我的沉思冥想把我带回到我的出生地，带回到我父母的家乡。那就是我的精神史，也就是从那里我开始讲述故事。

从艺术角度讲，决定从那时讲述为我提供了港湾和视角。我没有义务冲出去迎接当代的事件，并立即作出解释。日常发生的一切当然敲击着每一扇门，但它们也知道我是不会容许这样焦虑不安的客人走进我的房子的。

罗斯：在《到香蒲之地去》中，一位犹太妇女和她长大的儿子（儿子的父亲是异教徒），一起徒步走回到她在鲁塞尼亚偏僻乡下的出生地。那是一九三八年的夏天。他们越走近她的家，异教徒暴力的威胁就越甚。于是，母亲对儿子说："他们人多，我们人少。”那时，你就这样写道：“异教分子[①]这个词在她的心中就冒了出来。她面带微笑，犹如听到了远方的记忆。她父亲有时，虽然只是偶然，使用这个词表示无可救药的愚钝。”

和你书中的犹太人共处一个世界的异教徒通常象征着无可救药的愚钝，象征着危险的原始社会行为——异教徒打老婆，是酒鬼，粗俗、残忍的半野蛮人，“难以控制自己”的人。很显然，关于你书中所描述的这些非犹太人居住的地方，可以说的远不止这些——还有关于犹太人的能力，在他们自己的世界里，也是愚钝和原始——即便是一个非犹太人的欧洲人都会承认，犹太人之所以会有这样的想象，其力量根源于真实的经历。或者我们可以说，异教徒可以被描述为“身上洋溢着健康的……朴实的人”。令人羡慕的健康。就如《到香蒲之地去》中那个母亲说她身上流淌着异教徒血的儿子那样：“他不像我那样紧张不安。他血管里流淌的是不同的宁静的血液。”

我想如果不研究异教分子在民族神话中所占据的地位，我们不可能对犹太人的想象有所了解。在美国，像兰尼·布鲁斯、杰克·梅森等喜剧演员们已在一个层面上对民族神话有所挖掘，而犹太小说家们在另一个层面上对此也有所开发。其中伯纳德·马

① Goy，犹太人称异教徒的用词，带有无礼、冒犯的含义

拉默德在《伙计》中对异教分子进行了最为专心致志的刻画。书中的异教分子弗兰克·阿尔派恩是个穷困潦倒的小偷，抢劫了犹太人博伯不景气的食品杂货店，后来又企图强暴博伯刻苦的女儿，最后，阿尔派恩在皈依博伯受难的犹太教的过程中，以象征形式与异教分子的野蛮脱离关系。索尔·贝娄在第二部小说《受害者》中塑造了一位纽约的犹太主角。他受到了一个酗酒的异教徒——名字叫奥比，一个与周遭格格不入的家伙——的折磨。他强奸了利文撒尔，破坏了她来之不易的宁静。虽然他在这件事上表现出较多的理性和文雅，但和阿尔派恩一样，他酗酒、流浪。在所有贝娄作品中令人印象最深刻的异教徒是汉德森，那位自我探索的雨王。他为了恢复自己的心理健康，带着受挫的本能来到非洲。和阿佩尔菲尔德一样，贝娄也认为真正的“朴实的人”不是犹太人，对恢复原始能量的寻索也没有刻画为一个犹太人的追求。令人惊讶的是，梅勒也和阿佩尔菲尔德一样——我们知道在梅勒的小说中，当一个男人是性虐狂时，他的名字就叫瑟吉厄斯·奥肖内西；当他杀妻时，他的名字就叫斯蒂芬·罗杰克；当他是个危险的谋杀犯时，他不叫莱普克·布哈特尔或者古拉·夏皮罗，而叫加里·吉尔摩。

阿佩尔菲尔德：非犹太人在犹太人想象中的地位问题是个复杂的事情，这是一代代犹太人的恐惧滋生出来的。我们谁人胆敢承担起解释的重任？我根据自身的经历妄加解释几句吧。

我说到恐惧，但这种恐惧并非始终如一，也不是对所有异教徒的恐惧。事实上，埋藏在现代犹太人心中的是一种对异教徒的羡慕。在犹太人的想象里，异教徒没有任何信仰或者社会责任，在自己的土地上过着自然的生活。大屠杀当然在某种程度上改变了犹太人想象的轨迹。怀疑代替了羡慕，曾经暴露在外的情感潜至地下。

在犹太人的灵魂里有没有某种非犹太人的刻板印象呢？确实有这样的刻板印象，它常常体现在异教分子这个词里，但那只是一个不成熟的刻板印象。犹太人已经承受了太多的道德或宗教限制，所以，这样的情感是不可能得到完全、毫无限制的表露的。犹太人永远都无法自信地用语言表达出他们完全可能感到的深度敌意。无论好坏，他们过于理性。他们容许自己感受敌意，但矛盾的是，只容许感受针对自己的敌意。

一直使我着迷的是，仍然烦扰我的就是针对自己的反犹情绪。犹太人这种古代的精神不安在现代呈现出不同的姿态。我生长于一个同化的犹太人家庭，受重视的是德语。德语不仅被看成是一种语言，而且是一种文化。对待德语的态度其实带有宗教般的虔诚。居住在我们周围的大部分是犹太人，他们都讲意第绪语，但我们家是绝对禁止讲意第绪语的。我在成长过程中感觉到任何犹太的东西都是有瑕疵的。从我最早的童年记忆开始，我所注视的是非犹太人的美丽。他们金发，个头高挑，举止自然。他们有教养；即使他们举止没有体现出教养，至少也是自然的。

我们家的女仆很好地说明了这个理论。她美丽丰满，我很依恋她。在我的眼里，一个孩子的眼里，她就是自然。她偷走我母亲的首饰时，我认为那是可以原谅的错误。

我从最早的青少年时起就被非犹太人吸引。使我着迷的是他们的陌生、他们的身高、他们的超然。然而犹太人似乎对我来说也是陌生的。多年之后我才理解，我父母在多大程度上内化了他们认为是犹太人所具有的邪恶。通过他们，我也内化了犹太人的邪恶。嫌恶情感的硬核被播种在了我们每个人的心里。

当我们被赶出家园，居住在犹太人区①的时候，我态度上发生了变化。我注意到，所有非犹太人邻居的门窗突然间关闭了，我们独自行走在空空的街道上。我们过去有联系的众多邻居不再站在窗前看着我们拖着手提箱。我所说的“变化”，那不完全是真实的。我当时才八岁，对我来说全世界似乎是一场噩梦。后来当我与父母分开时也如此，我不知道究竟为何。在整个战争期间，我就在乌克兰村庄里游荡，保守着我的秘密：我的犹太人身

① ghettos，历史上又称作隔都，是城市中划分出来、强迫犹太人居住的隔离区。

份。所幸的是，我金发，没有引起人们的怀疑。

多年后我才接近自己体内的犹太人。为此，我必须要在心中摆脱掉许多偏见，与许多犹太人相见，以在他们身上找到自己的影子。针对自己的反犹太主义原是犹太人自己的创造。我不知道还有任何民族自我批评如此泛滥。甚至在大屠杀之后，在犹太人看来，他们并非全无责任。恰恰相反，杰出的犹太人对于受害者发表了严厉苛刻的评价，认为他们没有保护好自己，没有反击。犹太人内化任何批评和谴责的话语并惩罚自己的能力是人类本性的一个奇迹。

所有想改革世界的犹太人，各种社会主义者、无政府主义者，特别是犹太人艺术家，心中都有负疚感。那种负疚感的火焰日夜燃烧着，引起恐惧、敏感、自责，有时是自我毁灭。简而言之，它不是一种特别光荣的情感。它唯一可能的好处是：它只伤害被其折磨的人。

罗斯：在《不朽的巴特法斯》中，巴特法斯“无礼地”问其垂死情妇的前夫：“我们这些大屠杀的幸存者都做了什么？我们那超乎寻常的经历改变了我们吗？”实际上，小说的每一页都以某种方式在应对这一问题。在巴特法斯孤独的渴望和后悔中，在他克服自己的冷漠而被挫的努力中，在他对与人交往的热望中，在他沿着以色列海岸缄默不语的漫游中和在肮脏的咖啡馆里神秘的遭遇中，我们都能感觉到紧随灾难之后生活所带来的痛苦挣扎。对于那些战争之后从事走私和黑市交易的犹太幸存者，你这样写道："没有人知道要怎么过劫后余生的生活。"

我最后一个问题是你《不朽的巴特法斯》中所专注的问题引发的。这个问题也许过于宽泛。从你所说的一个在战后欧洲游荡的无家可归的年轻人身上，从你在以色列四十年间所获知的情况看，你有没有在那些幸存者的经历中发现明显的模式？那些大屠杀的幸存者做了些什么，在何种方式上被不可避免地改变了？

阿佩尔菲尔德：不错，那正是我最近一本书痛苦的地方。我试图在书里间接地回答你的问题。我现在努力再延伸一点。大屠杀属于那种极恶的经历，可以使一个人因此而变得沉默不语。任何话语、任何声明、任何"回答"都是微不足道的，没有意义的，有时还是荒诞可笑的。即使最伟大的回答也似乎微不足道。

如果你同意的话，我给你举两个例子。第一个是犹太复国主义。毫无疑问的是，以色列的生活不仅给幸存者们一个避难之所，而且还使他们感觉到整个世界并非都是邪恶的。树虽然被砍倒了，但树根并没有枯萎。尽管已经发生了这一切，但我们继续生活着。然而，幸存者虽然心存满足，但他们仍然感到要对劫后的生活有所作为。幸存者经历了别人不曾经历的东西，其他人希望从他们这儿获得某种信息，获得了解人类世界的某种关键——

一个人类的示范。但他们当然无法开始，去完成落在他们身上的重任，于是他们就过起了逃跑和隐藏的秘密生活。问题是不再有可躲藏的地方。人们于是年复一年地产生了一种罪孽感，最后就像在卡夫卡的作品中一样，变成了一种谴责。伤口太深，绷带不起作用，就像犹太人国家那样的绷带也没有用。

第二个例子是关于宗教态度的。自相矛盾的是，作为表现对其父母被谋杀的姿态，相当多的幸存者接受了宗教信仰。我知道那种自相矛盾的态度会给他们带来多少内心的斗争，我对此表示尊敬。但那种态度出自绝望。我不会否认绝望的真实性。可它是一种令人窒息的状况，是一种犹太人的苦行和间接的自我惩罚。

我书中既没有给幸存者提供犹太复国主义思想，也没有给他宗教安慰。幸存者巴特法斯忍受着大屠杀的一切，四肢都承载着它负重而行。他早、中、晚饮的是诗人保罗·策兰的“黑色牛奶”。他没有比别人多什么优势，但他仍然没有失去人类的颜面。那算不上了不起，但还是某种安慰。

与伊凡·克里玛在布拉格的谈话

［一九九〇］

伊凡·克里玛一九三一年出生于布拉格。按照扬·柯特的说法，他经历了“欧式教育”：成年之时已是小说家、批评家和剧作家的他，作品当年在捷克斯洛伐克受到当局的禁止（他的家庭成员和他一起遭到蹂躏和惩罚）；他早年因为其犹太人身份的缘故，和父母一起被纳粹放逐到特莱津集中营。一九六八年，当俄国人开进捷克斯洛伐克之时，他离开了自己的国家，途经伦敦到美国密歇根大学观看他一个剧本拍摄的情况，并在那里讲授文学课。他在安阿伯的教学任务于一九七〇年春天结束，随后偕同妻子和两个孩子回到了捷克斯洛伐克，成了“一小撮令人钦佩的人”之一——一位在查尔斯大学恢复教职的教授一天在进午餐时这样向我描绘克里玛和他的圈子。因为他们坚持不懈地反对当权者，所以生活处于极度困难之中。

他共写过大约十五部小说和短篇小说集。一九七〇年之后写的作品只公开在国外出版，主要在欧洲出版，其中两部——皆非他最优秀之作——在美国出版。可以说，他的作品在美国几乎无人知晓。伊凡·克里玛的小说《爱情与垃圾》的创作部分是受二十世纪七十年代在布拉格街道当了几个月清扫工的经历所激发。巧合的是，我一九九〇年二月飞往布拉格去看望他的那天，那本书正好在捷克斯洛伐克出版。来机场接我之前，他整个早晨都在布拉格的一个书店签名售书。那些买了他的书等他签名的读者排着长长的队，从书店一直延伸至街上。（待在布拉格的那个星期，我所看到最长的队伍就是买冰淇淋和买书的。）《爱情与垃圾》是他在二十年间第一部在捷克斯洛伐克出版的书，首次印刷量高达十万册。那天下午稍晚的时候，他又获悉，他的第二本书，《美妙的早晨》，一部短篇小说集，也在那天出版了，印刷册数再达十万。审查制度废除后的三个月间，他的一部舞台剧被制作，一部电视剧被播放。他另外五本书今年又要出版。

《爱情与垃圾》讲述了一个名气很大但“为禁令所禁闭”的捷克斯洛伐克作家的故事。他的工作是清扫街道。多年来他从幽闭恐怖的家庭避难所中找到一点自由，从那个轻信人的、总想使别人快乐并在研究自我牺牲的妻子身上获得一点自由，从那两个正在长大的可爱的孩子身上获得一些自由。与他有纠葛的是一个情绪化、神经质、刻薄、已为人母的雕塑家。她最后诅咒他，诽谤他无法离开的妻子。他沉溺于和这个女人的性爱上：

> 那年冬天，雪下得很大。她常带着她的小女孩去上钢琴课。我就走在她们的后面，不让那个小女孩意识到我跟在后面。因为我只注视着她在走路，没有注意自己的脚下，所以会掉在刚刚形成的雪坑里。

这个故事中的男人是个有责任心的人，愧疚地渴望忘却所有痛苦的不公正，躲进一个“快乐的私人地盘”。“我不停歇地逃跑”就是他带着谴责的口吻描写他地毯上的人物的。

与此同时，那本书是对卡夫卡精神的混合思考（作家在外出清扫街道时脑子里构思了一篇关于卡夫卡的文章），是关于在那个可以把人变成垃圾的世界里，煤渣、烟尘、污物、垃圾所具有的意义，是关于死亡，是关于希望，是关于父子（一个隐秘、敏感的主题是作家父亲最后的疾病），另外，还是关于捷克斯洛伐克语堕落为“Jerkish”的。Jerkish是几年前美国为了人与猩猩之间交流而发展的一种语言，包含二百二十五个字。克里玛的主人公预测说，他自己的语言在当局统治下的遭遇表明，无需多久，全人类都将使用Jerkish了。这位遭禁的作家说："在吃早饭时，我在报纸上读到一首由首屈一指的作家用Jerkish写的诗。"引用了陈腐的四行诗。"在这首六十九个字的诗里，"他说，"包括题目，作家仅需要三十七个Jerkish字，根本没有思想……任何可以专心读懂诗歌的人都会意识到，对于一个Jerkish诗人来说，二百二十五的词汇量都足够了。"

《爱情与垃圾》是一本精彩的书，仅有的一些瑕疵就是陷入哲学上陈词滥调的讨论，当中心故事的紧张性松弛下来时尤其如此，令人苦恼。（在伦敦查托与温达斯出版社的英文版中）翻译者无法想象出辛辣的、可信的通俗词汇对应克里玛街道清扫细节中那些社会异类的隐语，也是作品的一大不足。这本书的题目颇具荒诞性，但是一本有较大创造性、出风头的书。克里玛巧妙地运用十几个主题，毫不隐讳地进行了最大胆的改变，犹如契诃夫讲述《醋栗》的故事一样没有卖弄。他为魔幻现实主义中的魔幻提供了很有效的解毒药。他运用简洁的手法创造了精美的拼贴画，有惨痛的集中营记忆、生态学上的反思、关系疏远的情人之间的争吵、实实在在的卡夫卡式的分析，所有这些都被并置一处，粘在令人兴奋的，也令人筋疲力尽的通奸的煎熬上。继这种简洁的是能让人放下戒备的、接近青春期的率真和直截了当。显然具有传记性质的小说主角就是以这种率真的形式承认了情感上的骚动。

全书充满了一种智慧，一切都因它带上了柔和的色彩，并且这种智慧没有受到反话的限制。克里玛在这个方面与米兰·昆德拉形成了对照。如果没有他们专注上的一致性，那么这个观点则显得肤浅。他们两人在性情上差异相当显著，他们的起源就如他们所走的道路那样泾渭分明，然而他们也有相似的地方，如被性爱脆弱者所吸引，他们对政治绝望的斗争，他们对社会排泄物——无论是垃圾还是拙劣的文艺作品——的郁郁沉思，都倾向于持续的评论和混合的样式，更不要提他们对被社会遗弃者命运的固恋了。所有这些都使他们之间形成了一种奇异紧密的、类似亲属的关系，而这种关系对于他们两人似乎都是可能的。我读《爱情与垃圾》有时所产生的感情就如同我在阅读《不能承受的生命之轻》时所产生的一模一样。两个书名之间的修辞对照表明，对于处理同样主题所发挥的想象力它们的视角可能有多么大的不调和，甚至相左。在这种情形下，克里玛的主角把“所有……主题中最重要的”称为“失去自由的生活导致的痛苦”。

二十世纪七十年代早期，我每年春天去布拉格旅行的时候，伊凡·克里玛是我主要的现实教员。他驱车带我到街角的报摊去看作家卖烟卷，到公共建筑物那儿去看他们用拖把拖地，到建筑工地去看他们砌砖，到城外去看市政供水系统——他们在那儿穿着工装裤和靴子，迈着沉重的脚步走来走去，一个口袋里装着扳手，另一个口袋里装着书。最终，当我有空和这些作家谈话的时候，常常是在伊凡家的饭桌上。

一九七六年之后，我就得不到去捷克斯洛伐克的签证了，于是就通过西德或者荷兰的信使联系。他们谨慎地把那些被严密监视的人的草稿和书籍运进或者运出那个国家。时至一九七八年夏天，俄国人侵占已经十年，连反对派中似乎最生气勃勃的伊凡都在信中用不太流畅的英文疲惫已极地承认："我有时都感到犹豫，我们的余生将生活在悲伤中，这是否理智。"他继续写道：

> 我们这里的生活不太令人鼓舞，畸形和压抑的生活时间太长。我们始终受到迫害，不容许我们在这个国家发表一个字还不算完，我们还要受审，我许多朋友都被短时间监禁过。我没有被监禁，但我的驾照被没收了（当然没有任何理由的），我的电话被切断了。最为糟糕的是：我的一个同事……

他然后以独特的笔触用很大的篇幅描写一位他认为境况比他更悲惨的作家。十四年后我再次见到伊凡·克里玛时，令我惊讶的是，他依然那么生气勃勃，不易激动，气力依旧不减当年。虽然他的披头士发型自七十年代起剪得有点靠后，但他的五官特征还是那么显著，尤其是他那满口食肉动物的大牙。这有时候让我觉得（尤其是他高兴的时候）自己面前是一个智力上高度进化了的林戈·斯塔尔。伊凡一直处于现在捷克斯洛伐克称为“革命”的活动中心，然而他没有显露出一丁点精力枯竭的迹象。那所大学学英语文学的年轻学生们——我应邀旁听了他们的莎士比亚课——告诉我说，他离开时疲惫不堪，失去感觉，回来时如释重负，安静地研究在他们看来深奥难懂的《麦克白》开头的几场戏。

一天晚上在伊凡家吃饭时，我发现他的倔强性格还在。当时他给一个我俩共同的作家朋友出主意如何取回七十年代被当局没收的两室小寓所。那位朋友已被秘密警察追逼至背井离乡、穷困潦倒。“带着你的妻子，”伊凡对他说，“带着你的四个孩子，径直走进雅罗斯拉夫·柯然的办公室。”雅罗斯拉夫·柯然是布拉格的新市长，之前曾是英诗翻译家。那一周过去的时候，我遇见或者听说瓦茨拉夫·哈韦尔任命的人员。我似乎感觉到加入新政府的首要资格就是把约翰·贝里曼的诗歌翻译成捷克斯洛伐克语。除了在笔友俱乐部，以前有这么多翻译家、小说家和诗人像现在这样担任领导职位吗？

“在柯然办公室里，”伊凡继续说道，“你们所有的人都躺在地板上，拒绝挪窝。告诉他们：‘我是一个作家，他们把我的寓所没收了，我想要回来。’不要乞求，不要抱怨，就躺在那儿，拒绝挪窝。你在二十四小时内就会有一处寓所了。”那位失去寓所的作家是一个非常理智而又温和的人。自从我上次在布拉格看见他卖香烟以来，他已经在各方面都苍老不堪，与伊凡的情形正好相反。他听了伊凡的主意后，脸上现出了可怜愁苦的微笑，那意思像是说，伊凡精神错乱了。伊凡转身对我就事论事地说：“有些人就不愿意这样做。”

伊凡的妻子，海伦娜，是位心理治疗师。俄国人占领期间，她在由持不同政见者在各种起居室举办的地下大学里接受过培训。当我问及她的病人对于革命和之后建立的新社会有何反应时，她准确、谦恭、认真地回答说：“精神病患者在好转，而神经病患者却在恶化。”“那你对此作何解释呢？”我问道。“拥有了现在新的自由，”她说，“神经病患者极其不确定。现在会发生什么呢？无人知道。旧的僵化即便对于他们来说当然是令人厌恶的，但也是令人安慰的、可靠的。其中存在着一个结构，因此你知道期盼什么和不期盼什么，你知道信赖谁，憎恨谁。对于神经病患者来说，变化是非常不确定的。他们突然进入了一个充满选择的世界。”“那么精神病患者呢？他们真有可能好转吗？”“我认为是这样的。精神病患者吸纳了盛行的情绪。现在盛行的情绪是振奋。每个人都高高兴兴，因此精神病患者甚至更高兴，他们心满意足，情绪高涨。这一切都非常奇怪。每个人都遭受着适应震惊的痛苦。”

我问海伦娜她自己在适应什么的时候最为困难。她毫不犹豫地回答说，那些以前从来都没有对她好过的人，突然现在对他们好起来了——不久前，那些邻居、同事和朋友都小心翼翼地对待她和伊凡以避免麻烦。那些曾经过于小心谨慎，或者完全吹毛求疵的人突然对克里玛家人和蔼可亲起来，海伦娜对此表现出来的愤怒着实让我吃了一惊，因为在他们最艰苦的年代，她总表现出令人惊奇的忍耐和平静。精神病患者在好转，神经病患者在恶化；尽管盛行着振奋的情绪，在那些勇敢体面的人中，在值得尊敬的少数人中，他们在抵抗年代坚忍、理智地处理的毒化情绪，到如今已经有点爆发了。

我在布拉格的第一天感到心满意足。伊凡来与我谈话之前，我到瓦茨拉夫广场边的商业街上散步。那广场是一条很大而又开阔的林荫大道，一九八九年十一月，一路歌颂革命直至胜利的人群首先就是在这里聚集的。仅几分钟后，我就在一个铺面外面看见了有七八十人松散地聚集在一起。他们正对着从一个大喇叭里传出来的声音大笑。从贴在大楼上的布告和题词看，我不知不觉地来到了公民论坛指挥中心。

这么一大群顾客、闲逛者和上班族正聚集在一起，就我最大限度的理解，一定是在听礼堂里某个喜剧演员正在进行的表演。我不懂捷克斯洛伐克语，但我猜想，那是一个喜剧演员，而且是个非常滑稽的演员，因为他独白的断音节奏，开始、停顿和音调的变化，似乎有意识要引起大家阵阵大笑。在兴高采烈之处，则爆发出阵阵雷鸣般的喝彩声。声音听起来恰如你听到观众看卓别林电影时作出的反应那样强烈。透过一个走廊我发现在公民论坛大楼的另一边还有大约相同数目的人群。但只是等我走到他们跟前，才明白我所看到的一切。在公民论坛正面的窗子上方放着两台电视机，上面正是喜剧演员本人：以特写镜头的形式，独自一人坐在一张会议桌旁边的是捷克斯洛伐克共产党总书记米洛斯·雅克什。电视里的时间是十月份，地点是工业城市比尔森，他正在共产党政府官员闭门会议上发表讲话。

我知道那是雅克什在比尔森开会，因为前一天晚上吃饭时，伊凡和他儿子迈克尔已经告诉我录像带这件事。录像带由捷克斯洛伐克电视台工作人员秘密制作，现正在布拉格公民论坛总部外面不停地播放，一天到晚路过那儿的行人停下脚步，开怀大笑。他们笑的是雅克什教条的、毫无幽默感的修辞，以及他那原始、尴尬的捷克斯洛伐克语——糟糕混乱的句子、荒唐可笑的用词错误、委婉语、遁词和谎言，纯粹的 Jerkish，就在几个月前曾使如此多的人感到羞耻和厌恶。迈克尔告诉我，欧洲自由广播在新年夜里播放了雅克什在比尔森的录像带，作为“本年度最滑稽的表演”。

看着人们走回到街上咧嘴而笑，我觉得这一定是笑的最高目的，生命的神圣的理由——用嘲笑奚落掩埋邪恶。如此众多的普通男男女女（以及人群中的青少年，甚至孩子）都能够意识到冒犯了他们的语言如同冒犯了其他任何东西一样具有侮辱性和残暴性。伊凡后来告诉我，革命期间有段时间，一位富有同情心的年轻匈牙利民主运动使者对一大群人发表了几分钟的演讲。他讲话结束时为他捷克斯洛伐克语讲得不地道而向他们道歉。五十万人立马异口同声地大声回应：“你讲得比雅克什地道。”

电视机下面的窗子上粘贴着两张瓦茨拉夫·哈韦尔头像的广告画。他的捷克斯洛伐克语和雅克什的相比简直不可同日而语。

伊凡·克里玛和我待在一起谈了两天；然后，我们诉诸文字，把讨论的核心内容压缩成下列的交流：

罗斯：这些年来，在自己的国家以地下出版方式出版的情形是怎样的呢？小批量偷偷摸摸出版的严肃文学作品拥有的读者群一般来说都比广大的捷克斯洛伐克读者群更开明，更有知识。可以推测，地下出版物在作家和读者之间培养了一种休戚相关的联系，这是令人振奋的情形。然而，地下出版是对邪恶的审查制度有限和不自然的反应，所以仍无法使每个人都感到满足。请跟我谈谈地下出版物所培育出来的文学文化。

克里玛：你关于地下出版文学培养了一种特殊的读者的观点似乎是对的。捷克斯洛伐克地下出版所产生的环境有其独特性。由外国军队支持的政权——由占领者建立的政权知道，这个政权只有符合占领者的意愿才能存在——害怕批评。它还知道，任何一种精神生活最终都导致对自由的向往。所以，它毫不犹豫地禁止实际上所有的捷克斯洛伐克文化，使作家无法写作，画家无法展览，科学家——特别是社会科学领域——无法进行独立的研究；它摧毁大学，大多数情况下任命俯首帖耳的职员当教授。突然被投入到这个大灾难之中的国家被动地接受着这一切，至少一度如此，无奈地看着最近崇拜的人物一个接一个地消失。

地下出版是慢慢发展起来的。七十年代初，我的朋友和那些被禁止写作的同行作家通常每月在我家聚集一次。他们中有捷克斯洛伐克文化的主要创造者：瓦茨拉夫·哈韦尔、伊日·格鲁沙、卢德维克·瓦楚利克、帕维尔·科胡特、亚历山大·克利门特、扬·特里富尔、米兰·乌德，还有几十个这样的人物。在这些聚会上，我们大声朗读我们的新作；还有像博胡米尔·赫拉巴尔、雅罗斯拉夫·塞弗尔特等人，他们本人不来，但把作品寄过来让我们阅读。警察对这些聚会很感兴趣。按照他们的指示，电视台制作了一个短片，邪恶地暗示，危险的密谋会议正在我的房子里进行。我被告知要取消聚会，但我们都一致认为要把书稿打印出来销售以赚回稿费。这项“事务”就由最棒的捷克斯洛伐克作家之一卢德维克·瓦楚利克操办。我们开始只有一位打字员和一台普通打字机。

每版印刷的作品从十册到二十册不等。每册的花费是一本正常书价格的三倍。我们的所为很快就传扬开来。人们开始寻找这些书。新的“作坊”涌现出来，常常盗印没有版权的图书。与此同时，版面编排和设计得到了改善和提高。我们设法在国家装订厂装订图书，书上还常常配有杰出艺术家创作的画——当然那也是被禁的。这些书中有很多将成为或者已经成为书籍收藏爱好者的骄傲。随着时间的推移，这样印刷的书的册数在增加，随之增加的还有作品和读者。几乎每一位“有幸”获得一册地下出版图书的人都被一圈人包围着要借阅。很快其他人也步了作家的后尘：哲学家、历史学家、社会学家、不信奉国教的天主教教徒，以及爵士乐、流行音乐和民歌的支持者，那些虽然可以公开出版但拒绝出版的年轻作家。十几种翻译的图书也开始以这种形式面世，其中有政治图书、宗教图书，常常还有抒情诗歌或者散文沉思录。编辑水平卓越的完整版本也开始问世，例如我们最伟大的当代哲学家扬·帕托契克的注解本文集。

警察起先试图阻止地下出版，挨户搜查，没收个人的收藏。他们好几次逮捕了做拷贝工作的打字员，有些人甚至被“自由”法庭判处监禁。但地下出版在官方看来，开始变成童话故事中的多头龙或者一场瘟疫，难以抑制。

虽然还没有确切的数字统计，但大致有二百多种地下出版期刊以及几千种书。当然，讲到几千种书的时候，我们总无法期望高的质量，但有一件事完全将地下出版从捷克斯洛伐克文化中隔离出来：它独立于市场和审查。这一独立的捷克斯洛伐克文化强烈地吸引着年轻的一代，部分是因为它具有被禁的味道。到底它真正有多广泛的影响，也许很快就能得到科学研究的证实。我们已经作了估计，有些书拥有几万的读者。我们不应该忘记的是，许多这样的书籍是由流亡的捷克斯洛伐克出版社出版，然后以最隐秘的途径返回捷克斯洛伐克。

罗斯：我似乎总是觉得，西方对于铁幕后面的“审查制度的缪斯”有许多信口开河、浪漫的议论。我冒昧地说一句，西方有些作家有时候甚至羡慕你们这些人写作时所承受的可怕压力，以及这个担子所促使产生的清晰使命：你们在社会里实际上是唯一的真相告诫人。在审查文化中，每一个人都过着双重生活——谎言和真实——文学成为生活的保存者，人们紧紧依附的残留下来的真实。我相信在我自己的文化中也是如此，任何东西都不经过审查，但大众媒介用空洞、歪曲了的人类事件对我们狂轰滥炸。在这样的情形下，严肃文学也是生活的保存者，尽管社会漠然视之。

我第一次于七十年代初期访问完布拉格回到美国之后，将捷克斯洛伐克作家所处的形势与我们在美国所处的形势作了比较。我在比较时说："在那儿什么都行不通，但一切都重要；在这儿什么都行得通，但一切都不重要。"但你所写的一切都重要所付出的代价是什么？你如何估测如此高度重视文学的压制给你知道的作家们所带来的重大代价？

克里玛：你将捷克斯洛伐克作家的情形与一个形势完全不同的国家的作家情形相比较也是我常常重复做的事。我无法判断第二部分的诡论，但第一部分巧妙地抓住了我们所处的形势的诡论。作家们要为那些因为禁止和迫害而变得重要的文字付出高昂的代价——禁止出版不仅与禁止所有社会活动相联系，而且在很多情形下，与禁止作家做所能称职做的任何工作都有联系。几乎我所有被禁止的同事为了糊口都要当体力劳动者。就如我们读昆德拉小说（《不能承受的生命之轻》）所知道的那样，清洗窗子的工人在医生中其实并非典型，因为许多作家、批评家和翻译家都是这么维持生计的。其他人在地下工地当起重机操作员，或者在地质研究工地挖土。现在看来，这样的工作似乎可以为一个作家提供有趣的经验。这话不假，但条件是，这样的工作持续有限的一段时间，而且有希望逃离令人感到挫折和精疲力竭的、枯燥无味的工作。工作十五年或者二十年，而且还要那样隔离的话，就会影响一个人的整个人格。残酷和不公完全摧毁了一些遭受这种对待的人；另一些人则如此疲惫不堪，结果简直无法从事任何创造性工作。如果他们设法坚持下去，会为了这样的工作牺牲一切：牺牲任何休息，而且常常是任何生活的机会。

罗斯：我发现，在这里我与之谈过话的作家和记者都执着于米兰·昆德拉。似乎对他所谓的“国际主义”存在着争议。有人跟我建议说，在他于流亡期间写的两部书中，《笑忘录》和《不能承受的生命之轻》，是他“为”法国人写的，“为”美国人写的，等等，这构成了某种文化不端行为或者背叛。在我看来，他似乎倒是这样一位作家：一旦发现自己生活在国外，就会很现实地决定，最好不要装着生活在国内，于是会为自己设计出一个不是与旧的复杂情形相一致，而是与新的复杂情形相一致的文学策略。略去质量问题不谈，他在捷克斯洛伐克写的书，如《玩笑》《好笑的爱》，与在法国写的那些书之间在方法上有显著的不同，但这并不代表偏离了正直和真实，更不用说对他经验的歪曲了，而是代表了他对一个无法逃避的挑战所作出的强烈的、具有创新性的反应。你能够解释一下，昆德拉向那些对他在逃亡中写的作品着迷的捷克斯洛伐克知识分子们提出了什么问题吗？

克里玛：他们和昆德拉的关系确实复杂。我首先要强调的是，在捷克斯洛伐克只有少数人对昆德拉的作品有所评价，其原因只有一个，而且非常简单：他的作品已经二十多年没有在捷克斯洛伐克出版了。人们指责他为外国人创作而非为捷克斯洛伐克创作，这只是对昆德拉众多指责当中的一个，也只是对他最重要，也最真实的非难之一——他与他的祖国已经失去了联系。我们确实可以暂不考虑质量问题，因为对他的憎恶在很大程度上不是由其作品的质量问题而产生的，而是另有原因。

维护昆德拉的人——这里有他众多的维护者——解释，捷克斯洛伐克知识分子当中对他的敌意在我们对待著名的捷克斯洛伐克同胞的态度上并不少见：嫉妒。但我不这样简单地看待这个问题。我可以提及许多著名的同胞，甚至在作家当中就有（国内如哈韦尔，国外如什克沃雷茨基），他们在这里的知识分子当中非常受欢迎和爱戴。

我刚才使用了憎恶这个词。憎恶是各种各样的因素刺激的结果，很难找出哪些是决定性的因素。在我看来，这样的憎恶部分是由于人们认为昆德拉用他那种简单而又惊人的方式展示了他在捷克斯洛伐克的经历。另外，他所展示的经历，他们会说，与事实相背，因为他自己就是那个政权下被宠爱的、受奖赏的孩子，这种情况一直持续到一九六八年。

专制制度下的人民生活是极度艰辛的，昆德拉对此有清醒的认识，但那种艰辛的生活要比他所展现的复杂得多。他的批评家会告诉你，能力了得的外国记者在我们国家待上几天以后也能写出那种东西。这样的描写西方读者能够接受，那是因为它证实了他的期待，强化了乖孩子喜欢重复听的关于善恶的虚构故事。但对于这些捷克斯洛伐克的读者来说，我们的现实不是虚构的故事。他们需要更综合的、更复杂的描写，像昆德拉这样高度的作家应该对我们的生活有更深入的洞见。昆德拉在创作中当然还有其他方面的抱负，而不仅仅是描写捷克斯洛伐克的现实，但他作品的那些特征与我所谈论的捷克斯洛伐克的读者群可能毫不相干。

对他憎恶的另一个原因可能与一些捷克斯洛伐克读者的过分拘谨有关系。他们虽然在私人生活中不必那么极端拘谨，但他们对作家的道德要求严格得多。

最后并非最不重要的是文学之外的原因，但可能是指责他的核心原因。当昆德拉获得最高世界声誉的时候，捷克斯洛伐克的文化正和专制体系作艰苦斗争。国内的知识分子和流亡的知识分子在这场斗争中协同作战。他们经历了各种各样的艰辛：他们失去了自己的自由，自己的职位，自己的时间，自己的舒适生活。例如，什克沃雷茨基和他的妻子实际上放弃了他们自己的生活，在国外代表被压制的捷克斯洛伐克的文学而工作。昆德拉对于许多人来说似乎没有作出这种努力。当然，那是昆德拉的权利——为什么每一位作家都要成为一位斗士呢？当然还有理由说，他用写作本身已经为捷克斯洛伐克的事业作出了足够多的贡献。不管怎么说，我已经相当坦诚地向你解释了昆德拉为什么在国内没有比在世界其他地方被接受得那么痛快。

站在他的立场上，我认为，鉴于近半个世纪的苦难，这里有一种对外国人的畏惧和憎恨。现在的捷克斯洛伐克人被他们所遭受的苦难而缠绕，这也许是可以理解的，也是一个再自然不过的畸形心理，但在我看来，它导致了对昆德拉不公正的诋毁，因为毫无疑问的是，他是本世纪伟大的捷克斯洛伐克作家之一。

罗斯：官方作家或者官方化了的作家对我来说总是有点神秘。他们都是糟糕的作家吗？有没有有趣的机会主义作家呢？我说机会主义作家，而不说有信仰的作家，是因为第二次世界大战后的第一个十年左右的时间里，作家当中可能有些信仰者，但我认为最近十年，官方作家都是机会主义者，而非其他。如果我说错了，请予以纠正。还请告诉我，既当个好作家又接受官方的统治和他们的规则有没有可能？或者说，作品会不会自动被这种接受削弱和连累？

克里玛：那些五十年代支持政府统治的作家和那些一九六八年被占领之后支持政府统治的作家之间确实存在着根本的差异。战前，被称为左翼的文学起到了相对重要的作用。苏联军队解放了共和国的大部分领土，这进一步加强了这种左翼倾向。对慕尼黑的记忆，以及西方列强不顾他们签下的所有和约与许诺抛弃了捷克斯洛伐克，也强化了这种倾向。尤其是年轻的一代对当局所要建立的一个新的、更加公正的社会容易抱有幻想。正是这一代很快看穿了政府的统治，悍然发起了一九六八年自由化改革运动，撕下了当政者专制的神秘面纱。

一九六八年以后任何人都没有任何理由抱有战后幻想，除非你属于少数狂乱之徒之列。苏联军队在国人的眼里已经从一支解放军变成了一支占领军，过去支持占领的政权已经成为了一帮勾结者。如果一个作家没有注意到这些变化，那么他的熟视无睹就使他失去了被列入有创造性作家的行列的权利。而如果他注意到了这些变化却假装对此一无所知，我们就可以恰如其分地称他为投机分子——这也是我们所能使用的最为善意的字眼了。

当然，所存在的问题是，政权不是延续了几个月或者几年，而是二十年。这就意味着对反对者的严厉迫害——实际上，整整一代反对者从七十年代末开始就被迫移民国外。其他任何人都不得不以某种方式接受政权或者甚至支持这个政权。电视和广播总得运作起来，出版社要印刷报纸杂志。即使非常正直的人也会想："如果我不做这份工作，那么别的比我差的就会做。如果我不写的话——我至少能向读者走私一点点实情——那么那些愿意衷心拥护政权的人就是唯一的候选人了。"

我不愿意说每一位在过去二十年中发表任何东西的作家一定是个糟糕的作家。同样真实的是，政权逐渐使一些重要的捷克斯洛伐克作家变成他们自己的作家，并开始出版一些他们的作品。他们以这种方式至少出版了一些博胡米尔·赫拉巴尔和诗人米洛斯拉夫·赫鲁伯（这两位都作了公开自我批评）的作品以及诺贝尔奖得主雅罗斯拉夫·塞弗尔特的诗歌。但可以断言的是，出版时努力绕过审查者的圈套是许多出版了作品的作家的一个沉重的负担。我曾经仔细比较过赫拉巴尔在地下出版和在国外出版的作品——在我的心里，他是健在的欧洲散文作家当中最伟大的一个——与那些他在捷克斯洛伐克正式出版的作品。他迫于审查的压力所作的明显变化，从作品的角度看，用畸形怪异来描绘真是恰如其分。但比这更糟糕的是，许多作家事先就考虑到了审查，因此作品就发生了变形，这样一来，当然他们自己也出现了畸形变化。

直到八十年代，"愤怒的青年"才开始出现，特别出现在年轻作家当中，戏剧界和抗议歌曲作者当中。他们直抒胸臆，甘愿冒着作品被禁或者失去生活来源的危险。我们今日之自由文学正秉承了他们的衣钵——还不仅仅限于文学。

罗斯：自从俄国人占领捷克斯洛伐克以来，一大群捷克斯洛伐克当代作家的作品在美国出版：流亡中的作家有昆德拉、帕维尔·科胡特、什克沃雷茨基、伊日·格鲁沙、阿尔诺斯特·卢斯蒂格，留在捷克斯洛伐克的作家有你自己、瓦楚利克、赫拉巴尔、赫鲁伯、哈韦尔。这么小的一个欧洲国家有这么庞大的代表真是令人诧异。举例来说，从一九六八年以来，我就想不出十个挪威或者十个荷兰作家在美国出版作品。当然啦，这片产生了卡夫卡的土地有特别的意义，但我认为我们两个哪个都不会相信这能解释你们国家的文学在西方所拥有的关注。许多外国作家一直关注着你们，对你们的文学一直表现了难以置信的恭敬。他们一直特别倾听着你们的声音，你们的生活和作品中也吸纳了许多他们的思想。你是否曾想过，这一切都发生了变化，未来你们也许不再对我们言说，而是再次互相言说？

克里玛：当然，国家遭受的无情命运，正如我们所言，使人联想到许多令人刺激的主题。一位作家自己常常被形势所迫而拥有本来可能无法拥有的经验。他们书写这样的经验时，可能对读者来说似乎就是异国情调。同样真实的是，写作——或者说所有的艺术工作——是最后一个人们仍然可以作为个体而营造事业的地方。许多有创造力的人实际上因此而成为作家。所有这些都将在某种程度上逝去，不过我认为，因为对捷克斯洛伐克社会中的精英崇拜有一种厌恶，所以捷克斯洛伐克的作家总是关心普通人民的日常生活问题。这种情况在过去的伟大作家和当今的伟大作家中都如此：卡夫卡从未停止当上班族或者恰佩克从未停止他记者的工作；哈谢克、赫拉巴尔和好朋友在烟雾缭绕的酒吧里度过很多时光喝啤酒。赫鲁伯一直没有离开科学家的工作，瓦楚利克坚决避免任何可以打断他过寻常市民所过的生活的事情。当然，当社会生活发生了变化，主题上也必将发生变化。但我无法肯定，这是否意味着我们的文学必然对外人就没有吸引力了。我相信我们的文学推开了欧洲的大门，甚至在世界上也推开了一条缝，这不仅靠它的主题，也靠它的质量。

罗斯：那么捷克斯洛伐克内部情况呢？眼下我知道人们疯狂地渴望得到书籍，但当革命热情退却之后，随着斗争中的统一感消散，读者是不是就不会像过去那样在乎你们了呢？你们过去奋力抗争为他们保留下一种活的语言，避免他们受到官方报纸、官方演讲以及官方批准的书籍中的语言影响。

克里玛：我赞同你的说法，我们的文学将失去一些它文学以外的吸引力。但许多人认为这些第二位的吸引力分散了作家和读者的注意力，它们提出的问题本来实在应该由记者、社会学家、政治分析家们来回答的。我们还是回到我称为专制制度搞出来的有趣的阴谋问题上来吧。得意洋洋的愚蠢、傲慢的权力、对无辜者的暴力、警察的残暴、生活中无处不在的并且催生了劳动营和监狱的冷酷无情、对人的羞辱、建立在谎言和虚假基础上的生活——我希望所有这些故事都将不再成为当下的话题，即使作家们过一段时间之后也许还会回到这些故事上来。但新形势将带来新的主题。首先，四十年的专制体系留下了物质缺乏和精神空虚，而要想满足缺乏，填满空虚，就会有困难、压力、失望和悲剧。

另一个事实是，在捷克斯洛伐克，人们热爱书籍具有悠久的传统，其渊源可上溯至中世纪，而即使现在电视机遍及各处，要想找到一个没有充足藏书的家庭也很难。尽管我不喜欢预言，但我相信至少目前专制体系的垮台并不会使文学变成一个偶尔为之的主题，用来在聚会上调节气氛、增添趣味。

罗斯：波兰作家塔杜施·博罗夫斯基说过，以大屠杀为题材创作的唯一方法就是以有罪者、同谋者、被牵连者的身份写。他以第一人称虚构的回忆录《毒气室这边走，女士们，先生们》就体现了这一思想。在这部书里，博罗夫斯基居然假装在道德上表现出一副麻木不仁的样子，这与他在奥斯威辛当囚徒时的感受截然不同，其麻木程度之甚令人寒心，而他这样做的确切目的就是要揭示出一个完全无辜的受害者无法揭示的奥斯威辛的恐怖。在苏维埃统治下，我所读过的用英语创作的一些最有新意的东欧作家也以同样的方式定位自己——例如，塔杜施·孔维茨基、丹尼洛·契斯、昆德拉。我只列举这三个以 K 为姓氏开头的作家①。他们从卡夫卡的蟑螂下面爬行出来，告诉我们说没有未被玷污的天使，还告诉我们说，无论内外都存在着邪恶。这种自我鞭挞，虽然具有讽刺意味与细微的差别，但仍然包含着谴责的成分，也免除不了将邪恶之源定位在体系之内。即使当我们检视统治体系是如何玷污、污染你我的时候也如此。你习惯于站在真理的一边，但是在坚持正义、虔诚、说教、尽职地反宣传的同时要承担着所有的风险。生活中如果没有了定义明确、易于识别的客观邪恶存在，你还觉得不习惯。我想知道的是，体系被废除以后，你的作品发生了什么变化——里面的道德习惯发生了什么变化：没有了这个体系，就只剩下你和我。

克里玛：那个问题使我回想起至今我所说的一切话。我已经发现我确实常常描述这样一个冲突，在这个冲突中我为了保护自己，与由那个体系所体现的攻击性的世界作斗争。但我常常描写

---

① 三人的姓氏分别为 Konwicki、Kis 和 Kundera。

那个体系与我之间的冲突并不一定意味着那个世界比我糟糕。我要说的是，这个二分法，即我在一边，那个世界在另一边，吸引着不仅作家而且我们所有的人来看待问题。

世界是否显得是一个坏的体系或者坏的个人、坏的法律或者坏的命运，这都不是问题的关键。我们可以列举出十几部自由社会创作的作品，里面的主人公都被一个邪恶的、敌意的、误解的社会粗暴地推来倒去，所以我们互相可以肯定，不仅仅在我们这个部分的世界上，作家倾向于把他们——或者他们的主人公——与他们周围世界之间的冲突看成是善与恶的二元性。

我可以想象，这里那些习惯于用二元性看待世界的人肯定能够找到其他形式的外部邪恶。另一方面，改变了的形势应该能够帮助其他人走出对体系的残酷或者愚蠢机械性作出反应的循环，引导他们重新对这个世界上的人进行反思。现在我的作品会有什么变化吗？在过去的三个月里，我被淹没在其他工作之中，所以要想某天能够安静下来写个故事似乎异想天开。但并不回避问题——对于我的写作来说，想到我不再需要担心那令人不愉快的体系，我就感到如释重负。

罗斯：卡夫卡。去年十一月份，正当被驱逐者、前罪犯哈韦尔在布拉格对诞生了新的捷克斯洛伐克的示威运动发表讲话之际，我正在纽约市一个学院里讲授关于卡夫卡的一门课程。学生们阅读《城堡》，阅读关于K这个土地勘测员为了得到强大而又难以接触的贪眠者、控制着城堡官僚机构的克拉姆的承认，进行着乏味的、毫无结果的斗争。当哈韦尔走过会议桌和旧统治政权的首相握手的照片被登载在《纽约时报》上时，我把它拿给班级同学看。“咳，”我说，“K最终与克拉姆会见了。”哈韦尔决定竞选总统，学生们感到很高兴，因为那将把K置于城堡之中，即位接替克拉姆的老板。

卡夫卡有先见之明的反讽也许并不是他作品最为突出的特征，但想到它总是使人感到振聋发聩。他绝不是一个异想天开的幻想家，创造一个梦境或者噩梦世界与现实世界相对。他的小说一直所坚持的就是，看上去似乎难以想象的幻觉和毫无希望的诡论其实正是构成我们现实的东西。在《变形记》《审判》《城堡》这样的作品中，他记叙了某个人接受教育的过程，此人最终接受——有点太晚了，被告约瑟夫就是个例子——这样的事实，即看上去稀奇古怪的、荒唐的、滑稽的、不可信的、有损你尊严的、不值得你关心的，恰恰是发生在你身上的事情：那有损你尊严的东西最后成了你的命运。

格里高尔一觉醒来，发现自己不再是养家的好儿子，而是一只讨人厌恶的昆虫之后，卡夫卡接着写道：“这不是梦幻。”梦幻，按照卡夫卡的说法，是个可能的世界，是个均衡的世界，是个稳定有序的世界，是个因果相连的世界。一个可靠的、充满正义和尊严的世界对他来说是个荒诞和异想天开的世界。那些做梦的人每天愤慨地告诉我们："我不是来受辱的！"如果了解到这种愤慨，卡夫卡会感到多么有趣可笑。在卡夫卡的世界里——不只是在卡夫卡的世界里——唯有当我们意识到受辱就是我们在这里的原因时生活才开始有意义。

我想知道，你曾在这里受到侮辱，在那段时期，卡夫卡对你的想象力起到了什么样的作用。当局禁止他自己的城市以及整个捷克斯洛伐克的书店、图书馆、大学存放他的作品。为什么？什么东西让他们害怕？什么使他们愤慨？他对你们这些切身了解他的作品，甚至对他的出身感到强烈共鸣的人意味着什么？

克里玛：和你一样，我也研究过卡夫卡的作品——不久前我写了一篇关于他的长文，以及一部关于他和菲莉策·鲍尔的爱情的剧本。有点不同的是，我系统阐述了他作品中梦幻世界和真实世界之间冲突的观点。你说："梦幻，按照卡夫卡的说法，是个可能的世界，是个均衡的世界，是个稳定有序的世界，是个因果相连的世界。一个可靠的、充满正义和尊严的世界对他来说是个荒诞和异想天开的世界。"我会用"达不到的"来代替"异想天开的"。你所称的梦幻的世界对卡夫卡来说却是现实世界，在这个现实世界里，占统治地位的是秩序，而在这个现实世界里的人们，至少如他所理解的那样，能够变得喜欢对方，做爱，成立家庭，在做一切事情时都井然有序——但这个世界对他来说，虽然具有几乎病态般的真实性，却难以达到。他的主人公遭受苦难并不是因为他们无法实现他们的梦想，而是因为他们的意志不够坚强，以使他们恰当得体地进入真实的世界，恰当地尽自己的责任。

为什么卡夫卡在当年的统治下遭禁这个问题可以用我的小说《爱情与垃圾》中的主人公的一句话来回答："卡夫卡的人格中最为重要的是他的诚实。"一个建立在欺骗之上的政权，一个要求人们虚假的政权，一个要求人们表面上同意而不在乎人们内心是否深信的政权，一个害怕任何人问及行动意义的政权，是不允许任何诚实得如此迷人乃至极端彻底的人去对人民说话的。

如果你问卡夫卡对我意味着什么，我们就又回到了某种程度在绕弯子的问题上了。总体来说，卡夫卡是一位不带政治性的作家。我喜欢引用他一九一四年八月二十一日的日记中的条目。这个条目非常短。"德国已经对俄国宣战了。——下午游泳。"这里，历史性的、震撼世界的平面与个人的平面处于同一个高度。我肯定地认为，卡夫卡只是从他最内心的需求以写作来坦白自己的个人危机，从而解决了他个人生活中无法解决的问题——首先，他与父亲的关系，以及他无法跨越的与女人的关系。在我关于卡夫卡的文章中，我对此作了表述，例如，他短篇小说《在流放地》中的谋杀机器就是结婚或者订婚状态的奇妙的、充满激情的和绝望的意象。完成这部短篇小说几年后，他向米蕾娜·耶森斯卡吐露了关于想到他们生活在一起的感情：

> 你知道，当我试图写下点什么的时候（关于我们的订婚），环绕我的宝剑的剑尖就开始慢慢地接近身体，这是最完全的折磨；当它们开始擦伤我的时候，问题已经很可怕了，结果我马上在第一声尖叫时就暴露了你、我自己、一切。

卡夫卡的比喻是如此强烈有力，结果大大超越了他的本意。我知道《城堡》和《在流放地》被解释为二战期间降落在犹太人头上可怕命运的别出心裁的预言。第二次世界大战于卡夫卡死后十五年爆发，但它们不是天才的预言。这些作品只是证明，一个知道如何深刻、真实地反映最为个人的经验的创作者，也触及超个人或者社会领域。我再次回答关于文学中政治内容的问题。文学没有必要四处搜寻政治现实或者担忧兴衰更替的统治体系；文学可以超越这些，而且仍然可以回答统治体系在人们心中所激发出来的问题。这是我从卡夫卡那儿学到的最重要的一课。

罗斯：伊凡，你生而为犹太人，因此你的童年有段时间在集中营中度过。你认为这个背景使你的作品与众不同吗？或者说，你觉得在专制主义者的统治下，它改变了你作为一个作家的困境吗？如果你觉得这些值得谈论的话，请赐教。在战争爆发前十年，如果中欧没有犹太人这个无处不在的文化在场现象——没有犹太人读者或者犹太人作家，没有犹太人记者、剧作家、出版商和批评家——是不可思议的事。既然这部分欧洲的文学生活将再次导入一个回归战前的知识氛围，我想知道的是——也许是第一次——犹太人的缺失会不会对社会产生影响。在捷克斯洛伐克的文学中是否留下了战前犹太文化的残余印记，或者说，当初在布拉格一度强盛的犹太思想和情感是否永久地离开了捷克斯洛伐克文学？

克里玛：任何一个童年时在集中营生活过的人——他曾经完全依赖一个外在的权力，这权力随时都可能进来敲打或者杀害他和周围的每一个人——也许在生活中的态度与那些没有接受过这样教育的人的态度至少有点不同。那种生活可以像一根绳子一样突然被拉断——那是我童年时就学会的一课。这对我的写作有什么影响？执着于公正问题，执着于那些被谴责的和被抛弃的人的感情问题，执着于孤独和无助的人。由此而产生的主题，由于我的国家的命运，一点也没有失去其主题性。对我生活的影响？在朋友中我总是以乐观主义著称。任何一个屡次被判死刑之后幸存下来的人要么终生得了偏执妄想症，要么因为无法证明一切最终都能幸存下来，一切都会结局美满而失去自信。

至于犹太文化对我们目前文化的影响——如果我们回顾过去的话，那么我们就倾向于把文化现实理想化，就像我们把童年理想化一样。如果我回顾我的出生地布拉格，例如，本世纪初的布拉格，我就会为它的文化和习俗的奇妙混合而感到惊讶，就会为城市里许多伟大的人物而感到惊讶。卡夫卡、里尔克、哈谢克、魏菲尔、爱因斯坦、德沃夏克、马克斯·布洛德……当然布拉格的过去——我列举的只是作为中欧的象征，它不仅由一大批令人眼花缭乱的智慧超人的天才组成，而且还由一个澎湃的文化组成；那还是一个憎恨的时代，一个愤怒的、小规模但常常是血腥冲突的时代。

如果我们谈到布拉格见证过的几乎比任何地方都多的犹太文化的壮丽波涛，那么我们还必须清楚地认识到，在这里过不了多久就会爆发一场反犹运动。对于多数人来说，犹太人代表着外国的成分，对此他们无论如何都试图要隔离。毫无疑问的是，犹太文化丰富了捷克斯洛伐克的文化，因为事实上，如同德国文化一样——在波希米亚的德国文化也占有重要的比重，犹太文学在波希米亚多数是用德文写的——对于被压抑了两百年之后而处于发展中的捷克斯洛伐克文化来说，犹太文化成了通向西欧的一道桥梁。

从那个过去幸存下来的是些什么呢？从表面上看什么也没有。但我确信这并非故事的全部。现在渴望以宽容克服虚无主义的过去，渴望回归到清白无瑕的来源，这不正是对死去的、事实上被谋杀的人对我们这些活着的人所发出的几乎被遗忘的警告而作出的反应吗？

罗斯：哈韦尔。像哈韦尔这样一位复杂的、活泼反讽的严肃知识分子，一位文学家，一个研习哲学的人，一个具有很强的精神倾向的理想主义者，一个准确地讲母语的、幽默的思想家，一个细腻地运用逻辑推理的人，一个笑起来生气勃勃的人，一个迷恋于戏剧性的人，一个深谙本国历史和文化的人——这样一个人在美国国内获选总统的机会不会大过杰西·杰克逊或者杰拉尔丁·费拉罗呢？

就在今天上午我去参加了哈韦尔在城堡举行的一个关于他美国之旅和苏联之旅的记者招待会。我带着愉快和略微震惊的心情倾听着他的演讲，他作为一位总统，即兴演绎出生气勃勃、流畅的句子，里面充盈着人性的观点，而这种即兴而就的句子，自从林肯被枪杀以来也许再也没有出现过。

当一位德国记者问哈韦尔最喜欢跟谁交往，乔治·布什或者戈尔巴乔夫——他们两个他最近都会见过，他回答说：“弄出个和谁更意气相投的等级排名不是明智之举……”当有人请他描述一下戈尔巴乔夫的时候，他说戈尔巴乔夫一个最吸引人的特点就是“他这个人一旦感觉到不自在就毫不犹豫地承认”。当他宣布他已经安排了西德总统三月十五日到达的时候——希特勒于一九三九年同一天进入布拉格，一个记者注意到哈韦尔“喜欢周年纪念”，哈韦尔于是立即纠正了他。“不，”他告诉他，“我刚才没有说我‘喜欢周年纪念’。我谈到了象征、隐喻和政治中的戏剧结构感。”

这是怎么发生在这里的？为什么会在这里、发生在哈韦尔身上？也许他将是第一个清楚地认识到，他并不是你们中间唯一一个固执的、坦率的人，他也不是唯一一个因为思想被监禁的人。我想让你告诉我，他为什么以这个国家的新思想本身的象征而出现。我想知道的是，当他完全充满幻想的理想主义——典型的不懂真正生活的、愚蠢的、心高气傲的知识分子——写长长的、表面上看来毫无用处的信抗议他的前任胡萨克总统的时候，他是否就成了国家大部分人的英雄。当时许多人不是把他看成一个讨厌的人或者疯子吗？对于那些成千上万从来没有对当局表示过反对的人来说，顶礼膜拜哈韦尔不是一个方便的手段吗？可以用来在一夜之间，就抛弃掉他们与你所称的虚无主义的过去的同谋关系吗？

克里玛：在我解释那个非凡的“哈韦尔”现象之前，我先表达我对那个叫“哈韦尔”的人格的观点。（我希望我不会因为批评总统而违法，因为这个法律实际上还仍然存在。）我同意你对哈韦尔性格的描写。只不过作为一个在过去二十五年里无数次与他相见的人，我愿意作些补充。哈韦尔在世界上主要是作为一个重要的剧作家，然后作为一个有趣的散文家，最后作为一个对政权持异见者和反对者而著名。他在原则上是如此坚定，为了他的信念甘愿经历任何事情，包括捷克斯洛伐克监狱。但在哈韦尔的技能或者职业列表中，缺少一个东西，而在我看来它是个根本的东西。

作为一个剧作家，哈韦尔被世界批评家放在了荒诞派行列。但他早期的剧作被允许在剧院上演的时候，捷克斯洛伐克观众主要把他的剧作理解为政治剧。我曾经半开玩笑地说，哈韦尔成为一个剧作家，主要因为那时剧院是唯一一个可以表达政治观点的舞台。从我认识他的时候起，哈韦尔对于我来说，首先是个政治家，其次是个天才散文家，最后才是剧作家。我并不是在给他所取得的成就按照价值大小排序，而是按照兴趣、个人倾向和热情等先后排序的。

在捷克斯洛伐克的政治沙漠中，民主政权过去的代表要么移民国外，要么被关押，或者从政治舞台完全消失。哈韦尔在很长一段时间里真的是托马什·马萨里克所代表的完全民主捷克斯洛伐克政治战线唯一活跃的代表。今天马萨里克作为一个偶像或者第一共和国建立原则的创立者印刻在民族的意识里。没有人知道他是个出色的政治家，一个妥协和出其不意的政治行动家，冒险的、以伦理为驱动力的行动大师。（例如，其中一次这样的行动，就是热情地保护一个出身于殷实家庭的贫穷流浪的年轻犹太人——利奥波德·霍斯纳，他被控为祭神而杀死一个年轻裁缝并被判有罪。马萨里克的行为惹怒了捷克斯洛伐克民族主义的公众，结果有相当一段时间似乎这个经验丰富的政治家已经在政治上自杀了——他那时对于他的同时代人来说一定是个“讨厌的人或者疯子”。）哈韦尔卓越地继续了马萨里克“自杀式的”伦理行为的路线，尽管他的政治活动当然是在比旧的奥地利—匈牙利的条件艰难得多的情况下继续进行的。他一九七五年给胡萨克的信确实出于伦理，但也带有明确的政治性——甚至自杀性的特征，就像他一再煽动的签名运动一样，他为此经常遭到迫害。

如同马萨里克一样，哈韦尔是妥协与联盟的高手，从来都不忘记基本的目标：废除专制统治，代之以多元民主的新统治。为了这个目标，他于一九七七年毫不犹豫地联合了所有反专制统治的力量，不管他们是改革派共产党——他们所有的人早就被驱除出党——地下艺术成员，还是信仰基督教的教徒。我丝毫都不怀疑，瓦茨拉夫·哈韦尔自己正是这一构想的缔造者，正是他的人格才可以把如此水火不相容的迥异政治力量联合起来。

哈韦尔竞选和当选总统，首先体现了这个国家急剧的、真正革命的事态发展。去年十一月底的一天，我参加完一个公民论坛委员会会议之后，我的朋友和我谈论说，该是我们提名总统候选人的时候了。考虑到大众的广泛支持，我们一致认为唯一的候选人就是亚历山大·杜布切克。但几天后情况就明朗了。革命推进到如此地步以至于任何候选人只要与共产党有联系，哪怕是与他的过去有所联系，对于捷克斯洛伐克的年轻一代来说都是可以接受的。这样一来，唯一适合的候选人就出现了——瓦茨拉夫·哈韦尔。我们再次领教了哈韦尔的政治直觉——杜布切克当然还是斯洛伐克唯一合适的候选人——哈韦尔在竞选时便认为杜布切克应该在这个国家里担任二把手。

我解释捷克斯洛伐克公众对他态度的变化——因为哈韦尔在这里某些地区实际上不太著名，或者人们只知道他是一个富裕资本家的儿子而且是个罪犯——的依据是支配这个国家的革命精神气质。在某种氛围中，在人群中，不管人群多么文明和克制，一个个体突然认同普遍的情绪和心态，结果就会引发人群的热情。不错，这个国家大多数人都参与了前面政权的所作所为，但他们也同时憎恨这个政权，因为它使他们成了它暴行的同谋，没有任何人再认同那个常常羞辱和欺骗他们的政权。几日之内，哈韦尔成了革命变化的象征，成了引领社会走出危机的人——没有人确切地知道如何引领——引领社会走出邪恶，走向光明。支持他的动机是否基本上是形而上学的，这种支持是否能持续下去，或者最终建立在理智和实际考虑之上，时间将作出证明。

罗斯：早先我们谈到了未来。我可以以我的预言来结束我们的谈话吗？我的话也许给你优越得傲慢的印象——自由的富裕人警告自由的贫穷人变得富有的危险。你们为某些东西，为某些如空气一样必要的东西，已经战斗了这么多年。我要说的是，你们为之战斗的空气也已经有点毒化。我向你保证，我并不是一个记录世俗的神圣艺术家，我也不是一个可怜的富家小孩，抱怨自己拥有的奢侈。我不是在抱怨。我只是在为研究院准备一份报告。

那些自四十年代以来处于苏维埃掌控之下的社会仍然还保留着第二次世界大战之前的表象。卫星世界的国家处于不正常的时间之中，结果，例如，麦克卢汉革命几乎没有影响到你们的生活。布拉格仍然是布拉格，没有成为地球村的一部分。捷克斯洛伐克仍然是捷克斯洛伐克，然而你们再次加入的欧洲却在迅速成为同质的欧洲。这里独具特色的国家濒于急剧改变。你所生活的社会还是成分单一、尚无种族意识的，对于后殖民时期的移民大潮一无所知——在我看来，你们的社会在种族上白得惊人。此外，金钱和金钱文化在市场经济中占据了主导地位。

你们作家们如何处理钱的问题，如何走出受资助的作家协会、受资助的出版行业的遮护，在市场中参与竞争，出版盈利的书籍？你们的新政府所谈论的市场经济是什么——再往后五年、十年，你们如何利用它所滋生出来的商业文化？

当捷克斯洛伐克成了一个自由民主的消费社会后，你们这些作家就会发现自己受到了许多新的对手的折磨，而再奇怪不过的是，那个压迫人的、枯燥无味的极权社会曾保护你们免于这些折磨。特别让人不安的将是威胁文学、教育和语言的那个无处不在的、威力无比的主要对手。我可以向你保证，不会再有反抗的人群在瓦茨拉夫广场集合起来去推翻暴政，也不会有哪位剧作家知识分子被愤怒的群众抬举来救赎民族之魂，使其脱离对手将所有人类话语弱化至昏聩的状态。我正在谈论的是将所有一切变得浅薄无聊的商业电视——并不是说因为被愚蠢的国家审查控制才没有人想看的少数频道，而是说十几、二十几个因为娱乐性才被众多人整日观看的乏味的陈词滥调的频道。你和作家同行们最终摆脱了专制体制下的知识监狱。欢迎你们进入全面娱乐的世界。你们不知道失去了什么。或者说你们知道吗？

克里玛：毕竟在美国生活过一段时间，毕竟二十年来一直仅在西方出版作品，我意识到一个自由的社会，特别是市场机制带给文化的“危险”。当然，我知道，比起科尔塔萨或者赫拉巴尔，多数人实际上更喜欢任何一种矫揉造作、拙劣的文艺作品。我知道诗歌在我们国家以成千上万册出版的时期也许将成为过去。我认为文学和电视垃圾将冲击我们的市场——我们无法阻止。不止我一个人意识到，文化获得新的自由的时候不仅得到了一些重要的东西还失去了一些东西。一月初，我们捷克斯洛伐克一位最优秀的导演在电视上接受采访时警告文化的商业化。他说，审查制度不仅保护我们免受我们自己文化和外国文化最佳作品的影响，而且还保护我们免受大众文化的最糟糕部分的影响。他的话使许多人感到不开心，但我理解他。最近一份关于电视地位的备忘录声称：

> 由于电视的广泛影响，它可以最大限度地直接为道德的复兴出一份力。这当然就要预先假定……建立一个新的结构，不仅在组织意义上而且在道德意义上，使每一位成员，特别是主要领导者，具备创造性的责任感。我们所生活的时代赋予我们的电视独特的机会去尝试些在世界其他地方还不存在的东西。

备忘录当然没有提出要引入审查制度，却提出要成立一个超越党派的艺术委员会，由一帮具有最高精神与道德水准的独立权威们构成。作为捷克斯洛伐克笔会俱乐部的主席，我在备忘录上签了字，尽管作为个人，我认为要想在自由社会以这样的方式来组织电视是乌托邦的想法。备忘录的语言给我的印象是一种不现实的道德语言，就是革命欣快症才会出现的那种。

我提到过，特别在知识分子当中，关于这个国家将如何把两种体制的长处兼顾起来，乌托邦思想开始浮出水面——即从国家控制体制中吸纳一些东西，从新的市场体制吸纳一些东西。这些思想可能在文化领域最为强烈。未来将表明在何种程度上它们是纯粹乌托邦思想。我们国家将拥有商业电视呢，还是只继续依赖受资助的、国家直接控制的广播？如果依然是后者，那么它要设法抵制大众趣味的要求吗？我们只有最后才知道。

我已经告诉过你，在捷克斯洛伐克，文学不仅享有盛名，还受敬重。这可以由下列事实得到证明：在一个不到一千二百万人口的国家里，优秀作家的书，不论是捷克斯洛伐克的，还是翻译过来的，出版的数目都是成千上万册。另外，我们国家的体制正在发生变化，因为此时生态思想正盛行（捷克斯洛伐克的环境是欧洲国家中最糟糕的之一），而我们如果一边努力净化环境，一边污染我们的文化，就没有什么意义了。因此，努力影响大众媒介坚持标准，甚至教育国家，就真的不是乌托邦的想法了。如果至少那个思想可以被部分实现的话，就如备忘录的作者所言，就肯定是大众传播史上一个独特的事件了。毕竟，我们这个欧洲中部的小国家真的曾不时产生某种精神性的冲动。

与艾萨克·巴什维斯·辛格在纽约的谈话

[一九七六]

我第一次阅读布鲁诺·舒尔茨就决定将他收入“来自另一个欧洲的作家”企鹅文库。几个月之后，我获悉，舒尔茨的自传体小说《鳄鱼街》的英文版十四年前面世时，艾萨克·巴什维斯·辛格写了书评，并对该书评价很高。舒尔茨和辛格都出生于波兰，时间相差十二年，父母都是犹太人——舒尔茨于一八九二年出生于外省德罗赫比茨市，辛格于一九〇四年生于华沙附近的拉济明。因为我与辛格在社交场合见过一两次面，于是就打电话问他是否愿意见面谈谈舒尔茨，谈谈他们在波兰成为成熟艺术家的那几十年中，生活对于一个犹太作家来说是什么状况。我们于一九七六年十一月底在他位于曼哈顿的寓所里会了面。

罗斯：你第一次是在什么地方阅读舒尔茨作品的，这里还是波兰？

辛格：我第一次阅读他的作品是在美国。我必须告诉你的是，就像许多别的作家一样，我在阅读一部小说时总抱着某种怀疑的态度。既然大多数作家都不是真正优秀的作家，于是我收到一部书的时候就假定它不是一部太优秀的作品。但我阅读舒尔茨的那一刻就感到很惊讶。我自言自语地说，这是一位一流的作家。

罗斯：你在那以前知道舒尔茨吗？

辛格：不，我甚至不知道舒尔茨的名字。我是一九三五年离开波兰的。舒尔茨当时真的不出名——如果他出了名，我也不知道他。我从没有听说过他。我第一个印象就是这个人的创作像卡夫卡。他们说有两个人的创作像卡夫卡，其中一个是阿格农。阿格农常说他从没有阅读过卡夫卡，但人们对此心存疑惑。事实上，他确实阅读过卡夫卡，这是没有任何疑问的，但我不会说他受到了卡夫卡的影响。两三个人以同一种风格、同一种精神创作是有可能的，因为每一个人都不是完全独特的。如果上帝能够造一个卡夫卡，那么他就能够造出三个卡夫卡，只要他有这心情。我阅读舒尔茨——也许我不该说出来——我阅读他时，我说他比卡夫卡棒，因为他的一些故事更具有力量。另外，他在表现荒诞方面也很拿手，当然不是以一种愚蠢的方式，而是以一种很聪明的方式。我要说的是，在舒尔茨和卡夫卡之间有一种歌德所说的Wahlverschaft①，你为自己所选择的灵魂的共鸣。舒尔茨也许就属于这种情形，在某种程度上阿格农也如此。

罗斯：在我看来，舒尔茨似乎对任何事情都抱有想象，包括其他作家的作品，特别像卡夫卡这样的人的作品。他与卡夫卡似乎确实有着重要的相似背景和秉性。正如他在《鳄鱼街》里所做的那样，他把家乡德罗赫比茨重新想象为一个比实际的家乡更可怕、更美妙的地方——正如他说的那样，部分是为了“从乏味的折磨中解脱出来”——所以，他以某种方式，为了自己的目的，重新一点一滴地想象卡夫卡。卡夫卡也许将有些可笑的想法置入了他的头脑，但所服务的目的有所不同。这可以由下面的事实得以证明：舒尔茨笔下变成蟑螂的人物不是儿子而是父亲。想象一下卡夫卡那样想象，是不可能的。某种艺术偏爱可能是相似的，但这些偏爱与疯狂的不同欲望是联系在一起的。正如你们所知道的，一九三六年舒尔茨把《审判》译成了波兰文。我想知道的是，卡夫卡是否被翻译成意第绪语。

辛格：我对此一无所知。我年轻时读过意第绪语版的世界上许多作家的作品。如果卡夫卡被译为意第绪语的话，那应该是在

① 德语，意为亲和力，是歌德晚年作品的书名。

三十年代，我应该知道此事。我想没有意第绪语翻译版。或者说有翻译版，但我不知道，那也是可能的。

罗斯：你知道舒尔茨为什么用波兰语而不用意第绪语写作吗？

辛格：最大的可能是，他所成长的家庭已经被半同化了。也许他父母讲波兰语。波兰许多犹太人——波兰独立以后，甚至以前——都教他们的孩子讲波兰语。甚至在俄国人统治的波兰也是这样，特别在加利西亚，那属于奥地利的波兰部分。在加利西亚，波兰人具有一定的自治性，文化上没有受到压制。讲波兰语的人这样培养他们的孩子是情理之中的事。我不知道这样是好还是坏，但既然波兰语是舒尔茨的母语，那么他就没有选择的余地。因为一个真正的作家不是使用他所学会的语言创作，而是使用他童年就知道的语言进行创作。舒尔茨的力量当然就表现在那种语言上。我第一次读的是他的英语版，虽然翻译得很好，但当我后来读波兰语版时就明显地发现了他的力量。

罗斯：舒尔茨于一八九二年出生于波兰，父母是犹太人。你是一九〇四年出生的。那一代的犹太人用波兰语写作，或者说像你一样用意第绪语创作，这种现象不寻常吗？

辛格：犹太人当中有相当一部分重要作家是用波兰语写作的，他们所有的人大约都出生于十九世纪九十年代。安东尼·斯洛尼姆斯基、尤利安·图维姆、约瑟夫·维特林——所有这些作家大约都是这个年纪。他们是优秀的作家、有才华的作家，但没有任何特别的地方。然而他们有些人非常擅长使用波兰语。图维姆是波兰语大师。斯洛尼姆斯基的祖父 C. Z. 斯洛尼姆斯基是华沙希伯来语报纸《时代》的创始人。斯洛尼姆斯基童年时按父母要求皈依了天主教，而图维姆、维特林还是犹太人，虽然那只是名义上而已。他们与意第绪语作家没有一点点关系。我的兄长伊斯拉埃尔·约书亚·辛格，大约出生在这个时期，是波兰有名的意第绪语作家。他与这些作家也没有任何关系。我在波兰还只是个初学者，当然与他们没有关系。我们意第绪语作家认为他们离开了根与文化，成了波兰文化的一部分。我们认为这一文化还比较年轻，也没有我们的文化重要。而他们认为，我们意第绪语作家在为无知的人、贫穷的人、没有接受教育的人而写作，而他们在为那些读过大学的人而写作。因此，我们双方都有足够的理由鄙视对方。而真实情况却是，他们毫无选择，我们也毫无选择。他们不懂意第绪语，我们不懂波兰语。我虽然出生在波兰，波兰语却不像意第绪语那样亲切。而且我讲起来还带口音。事实上，我讲任何语言都带有口音。

罗斯：你讲意第绪语没有口音，我确信。

辛格：是的。但立陶宛犹太人（Litvaks）说我讲意第绪语有口音。

罗斯：我想问问你关于华沙三十年代的情况。舒尔茨年轻时学的是建筑，然后，就我所知，他回到德罗赫比茨的加利西亚小镇一个高中教授绘画，直至逝世。直到他三十五岁或者接近四十岁时才短暂离开，在华沙度过一小段时间。那时他在华沙所发现的文化氛围是什么样的呢？

辛格：关于舒尔茨，有两件事情我们要记住。首先，他是个非常羞怯的人。他待在一个远离尘嚣的小镇子上的这个事实表明，他极度羞怯，而且还有点畏惧。他感觉就像个乡巴佬，害怕来大城市见那些已经出名的人。他最有可能害怕的是他们会取笑他或者对他不屑一顾。我想他这个人过于胆小紧张。他遭受了一个作家所能遭受到的所有禁锢。当你看见他的照片时，就会发现一张生活中从无平静的人的脸。请告诉我，罗斯先生，他没有结过婚。他有没有女朋友？

罗斯：如果他画中有任何迹象的话，我倒认为他与女人有着奇怪的关系。我所看见的他的画中一再出现的主题就是女性的统治、男性的屈服。有些这样的画中出现了令人迷惑不解的情形，画中几乎是俗丽色情的暗示——个子矮小、求饶的男人，看上去很像舒尔茨本人，和孤高超然、半裸的成年女性或者雕像般的、体态优美的、涂脂抹粉的女店员。他们使我隐约想起了另一位波兰作家维托尔德·贡布罗维奇创作的"蹩脚的"色情世界。如同卡夫卡独身一人一样，据说舒尔茨与女性保持着长期热烈的联系，通过信函过着大部分的色情生活。他的传记作者菲科沃斯基为企鹅文库写了导言。他说，《鳄鱼街》是以一系列写给一位女性密友的书信开头的。它们肯定是书信，因为根据菲科沃斯基的说法，正是这个女人鼓励舒尔茨——舒尔茨是个被深深禁锢的人——把这些信件看成是文学作品的。我们再回到舒尔茨和华沙的主题——他三十年代中期到达华沙时，那里的文化生活是什么样子的？在作家和知识分子当中主导的情绪或者意识形态是什么？

辛格：我想说的是，他们与我们今天所进行的是同样的运动——有点左派味道的运动。用波兰语写作的犹太作家就属于这种情形。他们都是左派或者被老的波兰作家认为是左派。事实上，波兰老作家把这些犹太作家看成是闯入者。

罗斯：因为他们用波兰语写作？

辛格：因为他们用波兰语写作。他们会说："他们到底为什么不用他们自己的黑话、他们的意第绪语写作——他们想从我们波兰人这儿得到什么？"尽管有这些敌人，这些犹太作家在三十年代变得非常重要。其中原因有：首先，他们都是非常优秀的作家，虽然不是伟大的作家；其次，因为他们都是左派，那是当时的潮流；再次，因为他们充满活力，频频在《文学新闻》杂志上发表作品，还为各种剧院写作，等等。有时候，这些犹太作家写出来的东西对于犹太人来说好像是反犹太人的。当然，我不同意说它是反犹太人的，因为一些批评家也是这样评论我的。我虽然用意第绪语写作，但他们说："你为什么写犹太小偷和犹太妓女?"我就说："我要写西班牙小偷和西班牙妓女吗? 我写自己熟悉的小偷和妓女。"

罗斯：你在一九六三年评价舒尔茨，对其进行褒扬时，你确实也对他进行了批评。你说："如果舒尔茨更多地认同他自己的人民的话，那么，他就不会耗费这么大的精力去模仿、戏仿和讽刺了。"我想知道的是，你是否对此还有更多的话要说。

辛格：我写这些话的时候是有所感觉的，我想我现在还有这种感觉。在舒尔茨和卡夫卡的作品中都有了不起的模仿讥笑，尽管在卡夫卡的作品中，模仿讥笑是隐藏的。我认为舒尔茨有足够的力量写出真正严肃的小说，而非戏仿的作品。我认为，从根本上说，他发展出这种风格，那是因为他没有过真正的归属感，无论是在波兰人中间，还是在犹太人中间。这种风格也有点是卡夫卡的，因为卡夫卡也感觉到他没有根。他是个用德语写作的犹太人，而实际上生活在讲捷克斯洛伐克语的捷克斯洛伐克。不错，卡夫卡可能比舒尔茨的同化程度更高——他所生活的镇子不像德罗赫比茨那样具有犹太人特征，因为后者住满了哈西德派教徒，而他的父亲也许比舒尔茨的父亲更认同同化主义。不过，情形基本上相同，作为文体家，两位作家几乎雷同。

罗斯：以另一种方式来看待舒尔茨的“无根”也是可能的：不把这看成是阻止他写严肃小说的障碍，而把它看成是他的特殊才能和想象力得以充分展示的条件。

辛格：是的，当然，这样认为没有错。如果真正的才能无法直接在这片土壤上获得滋养，那么他会得到其他东西的滋养。但从我的观点看，我倒情愿把他看成是意第绪语作家。那样的话，他就不会一直那样持否定和讥讽的态度了。

罗斯：我想知道的是，这种否定和讥讽是否如同乏味和幽闭症一样驱使着舒尔茨。也许使他走上他称为“幻想的反击”之路的原因是他这个人具有巨大的艺术天赋和丰富的想象力，出身在外省一个小镇上的商人家庭，并在那儿一所高级中学担任过一段时间的教职。另外，真是有其父必有其子。他的父亲，根据他的描写，至少在后来的日子里，是一位非常有趣但可怖的疯子，一位傲慢的“异教创始人”。按照舒尔茨的说法，他被“可疑、不确定的形式”吸引。最后一点可能对舒尔茨自己也是个很好的描绘，因为对我来说，他似乎完全意识到他自己充满焦虑的想象能够把他引向疯狂或者异端邪说。我认为，舒尔茨与卡夫卡一样，他们最大的困难并非无法与这个民族或者那个民族无拘无束地交往，不管那给他增添了多少困扰。这部书可以证明，舒尔茨似乎无法把自己和现实相认同，更不要说与犹太人相认同了。这使人想起卡夫卡对他的集体认同的陈述：“我与犹太人有什么共同点？我与自己就没有什么共同点，应该静静地站在角落里，只要能呼吸就心满意足了。”如果舒尔茨认为德罗赫比茨的生活令人窒息，那么他没有必要继续待在那儿，可以收拾好东西就离开。既然他到了华沙，他本可以待在那儿。幽闭恐怖的环境不符合人的需求，但也许恰恰可以给予他艺术的生命。“发酵”是他最喜欢的一个词。可能只有在德罗赫比茨，舒尔茨的想象力才能发酵。

辛格：我还认为，他在华沙时感觉应该回到德罗赫比茨，因为在华沙每个人都说：“舒尔茨是谁？”作家们实际上并非看见一个外省来的年轻人动辄就说：“你是我们的兄弟，你是我们的老师。”——他们不倾向于这么做。他们很有可能会说：“又是一个拿着书稿的讨厌的家伙。”另外，他是个犹太人。波兰这些犹太作家是文学界真正的统治者，对于他们是犹太人这样的事实非常谨慎。

罗斯：怎么个谨慎法？

辛格：他们的敌人，那些不喜欢他们的人称他们是犹太人。这总是永恒的谴责。“图维姆先生，你在干什么，你的名字是希伯来名字，却用波兰语写作？为什么不和辛格及其他人回到贫民窟去？”那就是当时的情形。于是，当又来一个用波兰语写作的犹太人，他们真的对此感到不快，因为又来了一个问题儿童。

罗斯：我认为融入艺术或者知识圈子比进入华沙的资产阶级世界更容易。

辛格：我会觉得比较困难。我来告诉你为什么。一个犹太律师如果不喜欢别人喊他莱文或者卡茨，那么他可以称自己莱温斯基或者卡钦斯基，别人不会找他麻烦。但他们总是对作家非常谨慎。他们会说："你与我们没有任何关系。"我想即使在这个国家里，那些用英语写作并且非常熟悉英语的犹太作家也有点相似。这里没有作家会对索尔·贝娄或者你说："你为什么不用意第绪语写作？你为什么不回到东百老汇去？"然而，那种问题在很小程度上还存在。我倒认为这里有些保守作家或者批评家会说，像你这样的人不是真正的美国作家。不过，这里的犹太作家并不会因此而感到羞耻，他们也从来没有因此而道歉。在波兰有一股道歉之风。在那里，他们努力表明自己是多么具有波兰特征。他们当然也努力学好波兰语，比波兰人学得还好。他们做到了这一点。但波兰人仍然说他们与我们没有任何关系……让我说得再明白点。例如，如果我们这里有一个异教徒，用意第绪语写作，如果他失败了，我们不会理会他。但如果他获得了巨大成功，我们就会说："你用意第绪语在干吗？你为什么不回到异教的地方去，我们不需要你。"

罗斯：你那一代用波兰语写作的波兰犹太人就是这样奇怪的人物吗？

辛格：几乎都是。如果有许多这样的人，例如，有六个用意第绪语写作的异教徒，那么就会有第七个……

罗斯：这样就更明白了。你讲得更明白了。

辛格：我有一次在地铁车站里与一位意第绪语作家S坐在一起。他留着胡子，那是四十年前的事了，当时很少有人留胡子。他喜欢女人，于是，当他看过去的时候，坐在他对面的就是一个年轻的女人。他似乎兴趣盎然。我当时就坐在边上，看见了这一幕——他没有看见我。突然间，另一个留着胡子的人来到他跟前。他也开始注视着同一位妇女。当S看见另一位留着胡子的人，便起身离开了。他突然意识到自己荒谬的处境。那位妇女一发现另一个男人进来，她一定在想，这里发生了什么事，已经有两个留胡子的了？

罗斯：你当时没有留胡子。

辛格：没有，没有。我什么都需要吗？既秃顶又留胡子？

罗斯：你是三十年代中期，纳粹入侵前几年离开波兰的。舒尔茨还留在德罗赫比茨，于一九四二年被纳粹在那儿杀害。来这里与你谈话时我就在想，你作为一个东欧犹太作家，汲取了犹太世界的最大养分，最离不开犹太世界，却离开那个世界来到美国，而你那一代其他主要犹太作家——同化程度更高的、更被大文化中的当代潮流吸引的作家，如波兰的舒尔茨、苏联的艾萨克·巴贝尔、写下我读过的关于大屠杀最为惨痛故事的捷克斯洛伐克作家伊日·魏尔等——被纳粹或某种专制以一种或者另一种恐怖方式毁灭了。我可以问一下是谁或者什么鼓励你在恐怖发生之前离开的吗？毕竟，被迫背井离乡、放弃母语是几乎所有作家都害怕的事情，也许是他们最不愿意完成的。你为什么愿意去做呢？

辛格：我离开的理由很充足。首先，我非常悲观。我看到希特勒一九三五年已经掌权，威胁着要占领波兰。像戈林那样的纳粹分子来到波兰打猎和度假。其次，我在意第绪语出版社工作，出版社一直在走下坡路——它建立以来始终不景气。我的生活很拮据——我几乎无法生存。更主要的原因是我的兄弟在这里；他是两年前来这里的。于是，我拥有足够的理由奔至美国。

罗斯：离开波兰你有没有担心与你的素材失去联系呢？

辛格：当然担心，而且这种担心在我到达这里时变得更加强烈。我来到这里发现每个人都讲英语。我的意思是说，这里有一个哈达萨[1]聚会，于是我就去那里，希望能听到意第绪语。但我

---

① 美国女性犹太复国主义组织，成立于 1912 年。

进来时，那儿坐着两百位妇女，我就听到一个词："可口，可口，可口。"我不知道那是什么意思，但不是意第绪语。我不知道她们那儿给她们吃的是什么，但两百位妇女坐在那儿说："可口。"顺便说一句，这是我学到的第一个英语单词。波兰当时看上去离得很远。当一个与你很近的人死去，在他死去后的几周内，他离你很远，就如一个跟你亲密的人离开你那样远。只是随着时光的推移，他才走近你，你几乎能与他一起生活。这就是发生在我身上的情况。波兰，波兰犹太人的生活，离我比先前近多了。

与米兰·昆德拉在伦敦和康涅狄格的谈话

［一九八〇］

这个采访是由我与米兰·昆德拉的两次谈话内容浓缩而成。这两次谈话是我阅读过他写的《笑忘录》的翻译稿之后进行的——一次是他第一次访问伦敦时进行的，另一次是他第一次访问美国时进行的。他两次旅行都是从法国出发；自一九七五年以来，他与妻子就流亡在法国的雷恩。他在那儿的大学任教，现于巴黎任教。在我们谈话期间，昆德拉偶尔讲几句法语，但大多数时间讲捷克斯洛伐克语。他的妻子维拉给我们当翻译。最后形成的捷克斯洛伐克语的文稿由彼得·库西翻译成英语。

罗斯：你认为世界的毁灭将很快来临吗？

昆德拉：那要看你所说的“很快”是什么意思。

罗斯：明天或者后天。

昆德拉：世界正在走向毁灭的看法古来有之。

罗斯：所以我们就没有什么好担心的了。

昆德拉：恰恰相反。如果一种恐惧在人类的心里存在久了，那么就一定趋于发生。

罗斯：不管如何，在我看来，这种关心似乎成了你最近一部书中故事发生的背景，即使那些绝对幽默的故事也如此。

昆德拉：如果有人在我童年时告诉我，“有一天你将看到你的国家从世界上消失掉”，我会认为那是胡说八道，那是我根本难以想象的事。人知道自己终有一死，但想当然地认为他的国家具有永恒的生命。一九六八年受到入侵之后，每个捷克斯洛伐克人都面临着这样的想法：他的国家可能会从欧洲悄无声息地被抹去，就如过去五十年来四千万乌克兰人悄悄地从世界上消失一样。世界对此根本就一无所知。立陶宛人的例子也能说明这一点。你知道吗？立陶宛在十七世纪的欧洲是个强大的国家。今天俄国人将立陶宛人限制在保留地内，就像半灭绝的部落一样；他们被隔绝开来，杜绝任何人访问，以阻止任何关于他们生存的消息传至外界。我不知道将来等待我的国家的是什么命运。俄国人肯定要尽一切可能逐渐把它消解进自己的文明之中。无人知晓他们能否如愿，但可能性是有的。突然意识到这种可能就足以改变人对生命的整个感觉。今天，我甚至把欧洲也看成是脆弱的，终有一亡。

罗斯：不过，东欧的命运与西欧的命运难道不是截然不同的两回事吗？

昆德拉：作为一个文化史概念，东欧是俄罗斯，其具体的历史扎根于拜占庭世界。波希米亚、波兰、匈牙利，就如奥地利一样，从来就不是东欧的一部分。从最初起，他们就参与了西欧文明伟大的冒险，如哥特文化、文艺复兴、宗教改革——运动的摇篮确切地说就在这一地区。现代文化的最伟大的脉搏正是在中欧跳动——心理分析、结构主义、十二音技术、巴托克音乐、卡夫卡和穆齐尔的小说新美学等。战后中欧被俄罗斯文明吞并（或者至少是其主要部分），致使西方文化失去了中心。那是我们这个世纪西方历史上最有意义的事件，我们因此不能排除中欧的末日标志着整个欧洲末日开始的可能。

罗斯：在“布拉格之春”期间，你的小说《玩笑》和短篇小说集《好笑的爱》出版发行了十五万册。俄国人占领以后，你丢掉了电影学院的教职，你所有的书也从公共图书馆的书架上被取了下来。七年后，你和妻子把几本书和几件衣服往车后面一扔，就驾车驶向了法国。你在法国已经成为外国作家当中作品最为广泛阅读的一位。你作为流亡者感觉如何？

昆德拉：对于一个作家来说，拥有好几个国家的生活经历是巨大的裨益。你只有从几个方面来看这个世界，才能懂得这个世界。我最近在法国出版的书［《笑忘录》］，就是在一个特别的地理空间展开的：那些在布拉格发生的事件透过欧洲人的眼睛来审视，而在法国发生的事情透过布拉格的眼睛来透视。那是两个世界间的冲突。一边是我的祖国：在半个世纪的进程中，它经历了民主、法西斯、革命、苏联及其解体、德国等的占领、大驱逐、西方在自己土地上的死亡。它在历史的重压下下沉，带着极度的怀疑主义看待世界。另一边是法国：它在几个世纪内保持着世界中心的地位，今天它却出现了重大历史事件的缺失。那就是它为何要热衷于其激进的意识形态姿态。这是一种对它自身伟业的抒情的和神经质的期待，但它没有来，也永远不会来。

罗斯：你生活在法国觉得自己是个陌生人吗？或者你感觉在文化上非常舒适吗？

昆德拉：我对法国文化非常喜爱，也多受惠于此，特别受惠于旧文学。拉伯雷是所有作家当中我的至爱。还有狄德罗。我喜爱他的《宿命论者雅克》，就如同我喜爱劳伦斯·斯特恩一样。这些都是在小说形式方面做实验的伟大作家。他们的实验应该说是有趣的，充满幸福和欢乐的。法国文学中现在就缺乏这种实验，而没有了实验，艺术就失去了意义。斯特恩与狄德罗把小说理解为一种游戏，因为他们发现了小说形式所具有的幽默。当我听到学术上出现一种观点认为小说已经穷尽了其可能性时，我恰恰感觉相反：在小说发展的历史过程中，它错过了许多可能性。例如，潜藏于斯特恩与狄德罗之中的要发展小说的念头没有任何后继者承继。

罗斯：《笑忘录》未被称为小说，然而你在文本中声称：这部书是一种变异了的小说。那么，它是不是小说呢？

昆德拉：按照我非常个人的美学判断力，它确实是一部小说，但我无意把自己的意见强加给任何人。小说形式还有巨大的潜在自由度。如果把某种已成成规的结构看成是小说不可改变的本质那就是错误的。

罗斯：不过，当然存在着一种使小说为小说的东西，也有某种限制这种自由的东西存在。

昆德拉：小说是一篇综合性的长散文，建立在虚构人物的游戏之上。这些是唯一的限制。使用"综合性"这个词，我心里想的是小说家希望从所有方面掌握他的题材，做到最大限度的完整。反讽随笔、小说的叙述、自传的片段、历史事实、异想天开——小说的综合力量就是能够把每一种都联合起来，形成一个统一的整体，就如复调音乐中的声音一样。一部书的统一无须由情节来保证，而能够由主题来提供。在我最近出版的书中有两个这样的主题：欢笑和遗忘。

罗斯：欢笑与你总是很密切。你的书通过幽默或者反讽引起欢笑。当你的人物痛苦时，那是因为他们碰撞到的世界失去了幽默感。

昆德拉：我在那个时期理解了幽默的价值。那时我二十岁。我总能通过人的微笑辨认出谁不是我无须害怕的人。幽默感是辨认的可靠标志。从那时起，我就对一个没有幽默感的世界感到恐惧。

罗斯：《笑忘录》还包括其他内容。在一则小寓言里，你比较了天使的欢笑与魔鬼的欢笑。魔鬼欢笑是因为上帝创造的世界对他毫无意义；天使欢笑是因为在上帝创造的世界里一切都具有意义。

昆德拉：是呀，人使用同一生理表现——欢笑——来表达两种不同的形而上态度。某人的帽子掉进了刚刚挖好的墓穴里的棺材上，葬礼失去了意义，欢笑从而产生。两个情人跑着穿过草地，手牵着手，发出阵阵笑声。他们的欢笑与玩笑或者幽默没有任何关系；那是天使的严肃的欢笑，表达了他们存在的欢乐。两种欢笑都属于生活中的快乐，但一旦走向极端，就表明双重的启示：天使充满热情狂热的欢笑，因为他们对自己世界的意义确信不疑，如果有人不分享他们的欢乐，他们就会将他吊死。从另一边发出的欢笑却声称，一切都没有了意义，甚至葬礼也变得荒诞，群体性交只是喜剧似的哑剧。人类生活受到两类分歧的约束：一边是狂热主义，另一边是绝对怀疑主义。

罗斯：你现在称为天使的欢笑的就是你以前小说中所说的“生活的抒情态度”。在你的一部书中，你把那个时代的特性描绘为刽子手和诗人的统治。

昆德拉：专制主义不仅是地狱也是天堂的梦——这是一个古老的梦想，渴望一个和谐、具有共同意愿和信仰的世界，互相之间没有秘密。安德烈·布勒东在谈到他渴望居住的玻璃房子的时候也梦想着这样一个天堂。如果专制主义没有挖掘这些深藏于我们心中、根植于所有宗教里面的原型的话，那么它绝不会吸引这么多人，特别在它早期刚出现的阶段。然而，一旦天堂的梦想变成现实，就会到处出现挡道的人，于是天堂的统治者必须在伊甸园的边上建造一个小的古拉格。随着时间的推移，这个古拉格就会变大，也会更加完善，而临近的天堂就会变小、变穷。

罗斯：在你的书中，那位伟大的法国诗人艾吕雅在天堂和古拉格上方翱翔、歌唱。你书中提到的这点历史是真实的吗？

昆德拉：战后，保尔·艾吕雅放弃了超现实主义，成为我称其为“专制主义诗歌”最伟大的倡导者。他歌颂兄弟情谊、和平、公正和更美好的明天，他歌颂同志间的友谊，反对分离；歌颂欢乐，反对黑暗；歌颂天真，反对世故。当一九五〇年天堂的统治者判处艾吕雅的布拉格的朋友、超现实主义者萨维斯·卡兰德拉有罪并处以绞刑时，艾吕雅为了超个人的理想而压抑了自己友谊的个人情感，公开支持判处他朋友死刑。刽子手行刑，而诗人歌唱。

并非仅仅诗人如此。整个那个时代是一个集体抒情混乱的时代。这在当下已经被完全遗忘，但这正是问题的关键。人们喜欢说：革命是美丽的，只是革命中产生的恐怖是丑陋的。这种说法是不真实的。丑陋已经蛰伏于美丽之中，地狱已经隐现于天堂之梦中。如果我们希望理解地狱的实质，那么我们就必须审视丑陋之源的天堂的实质。我们很容易去谴责古拉格，但要拒绝以天堂的形式导致了古拉格的那种诗歌却依然困难。今天，全世界的人们毫不含糊地拒绝古拉格的思想，但他们仍然愿意让自己被那种诗歌所迷惑，愿意踏着艾吕雅吹奏的同一抒情歌曲的调子迈向新的古拉格。艾吕雅以音乐天使长的姿态翱翔于布拉格上空之际，他朋友卡兰德拉的尸体的烟柱正从火葬场的烟囱里升向天空。

罗斯：恰能表明你散文特点的是公共与私人持续不断的对立。但这并非说私人的故事以政治为背景，或者说政治事件侵占了私人的生活。你不断在表明的是政治事件和私人境遇由同样的规律所辖制，以致你的散文就是对政治的一种心理分析。

昆德拉：人的形而上在私人领域和公共领域是相同的。我们列举那本书中的另一个主题——遗忘——为例。这是人最大的私人问题：死亡是自我的消亡。但这个自我是什么？它是我们所记忆的一切的总和。所以，死亡使我们感到恐惧的不是未来的消亡，而是过去的消亡。遗忘是存在于生命中的一种死亡形式。这就是我女主角的问题，她绝望地试图保存对她亲爱的已故丈夫消逝的记忆。但遗忘也是政治上的大问题。当一个强权想剥夺一个小国家的民族意识的时候就采取有组织的遗忘。目前波希米亚出现的就是这种现象。当代捷克文学，就其有任何价值而言，已经十二年没有付印了；二百名捷克作家遭禁，包括死去的弗朗茨·卡夫卡；一百四十五位捷克历史学家失去工作职位，历史被重写，纪念碑被摧毁。一个民族失去对过去的意识就逐渐失去了它本身。因此，政治形势已经无情地阐明了日常的、我们每天时刻都面对却不加注意的形而上学的遗忘问题。政治暴露出私人生活的形而上学，私人生活也暴露出政治的形而上学。

罗斯：在你富于变化的著作的第六部分，女主角塔米娜来到一座只有小孩的岛上。最后，他们将她追逼至死。这是一个梦、一篇童话、一则寓言吗？

昆德拉：没有什么比寓言对我来说更陌生的了，那是作家用编造出的故事来说明某种主题的。事件，不论是真实的还是想象的，必须本身具有意义，读者则要天真地被它们的力量和诗意诱惑。我总被这种意象缠绕。有一段时期，这一意象老是浮现于我的梦中：一个人发现自己处于儿童的世界中，无法逃脱。突然，我们所有人都抱有抒情情感和喜爱的童年变成了纯粹的恐怖。变成了陷阱。这个故事不是寓言，但我的书是个复调，里面各种故事互相解释、说明、补充。书中的基本事件是专制主义的故事。专制主义剥夺了人的记忆，把人重新塑造以适应儿童的国家。所有的专制主义都这么干。也许我们整个的技术时代也这么干，狂热崇拜未来，狂热崇拜青春和童年，忽视过去，怀疑思考。在一个极其幼稚的社会里，一个具有记忆和反讽能力的成年人的感觉同塔米娜在儿童的岛上的感觉没有什么两样。

罗斯：你几乎所有的小说，实际上你新作中所有的独特部分，都是以盛大的交媾场景结尾。甚至以天真的“母亲”为名的那部分也只不过是个具有前奏和尾声的长长的三段性交场景。作为一个小说家，性对你来说意味着什么？

昆德拉：目前，性不再是禁忌，仅仅有性描写，仅仅有性坦白，已经明显使人乏味。劳伦斯似乎多么过时，甚至亨利·米勒那淫秽的抒情也不再入时！不过乔治·巴塔耶某些色情段落给我留下了至深印象。也许因为它们并非抒情而是富有哲理。你说得对，我所有的书都是以盛大的色情场景结束。我感觉一个表现身体之爱的场景产生出异常强烈的光芒，突然揭示出人物的本质，总结出他们生活的境况。雨果与塔米娜做爱之时，她却在绝望地企图回想与死去的丈夫度过的假期。这个色情场景汇集了故事所有的主题，隐藏着最深的秘密。

罗斯：最后一部分，即第七部分，实际上都在写性。为何以这一部分结束全书，而不是以另一部分结束，例如更具有戏剧色彩的、女主角死亡的第六部分?

昆德拉：从比喻意义上说，塔米娜是在天使的欢笑声中死去的。从另一方面看，书的最后一部分从头到尾回荡着相反种类的笑声，即事情失去意义时听到的那种笑声。存在着一种假想的分界线，超过了该线事情便毫无意义，且显得滑稽可笑。一个人自问：我早晨起床，去上班，争取某样东西，因为我出生在某个国家就属于它，不是荒谬愚蠢的吗?人们就生活在这个界限边上，很容易就能发现自己到了另一边。那个界限处处可见，存在于人类生活的所有领域，甚至在最深层、最生物的部分也如此：性。恰恰因为它是生命最深层的区域，所以对性所提出的问题就是最深层的问题。我那充满变化的书所以能够一成不变地以此结尾。

罗斯：那么，这是你悲观主义所能达到的最远点吗?

昆德拉：我对悲观主义和乐观主义这两个词使用起来很谨慎。一部小说并不断言任何东西；一部小说只是探索，提出问题。我不知道我的国家是否会消亡，我不知道我的哪个人物正确。我虚构故事，使它们互相对证，以这种方式提出问题。人们的愚蠢在于为一切都提供一个答案，小说的智慧在于对一切都提出一个问题。当堂吉诃德来到外面的世界的时候，那个世界在他眼前成了一个谜。那是第一部欧洲小说给以后整个小说历史留下的遗产。小说家教育读者把世界当成一个问题来看。这种态度中包含着智慧和宽容。在一个建立于极度神圣的肯定之上的世界里，小说就无法存在。专制主义的世界，无论是建立在什么主义之上，都是一个答案的世界，而不是问题的世界。在这个世界里，小说没有地位。不管怎么说，在我看来，似乎当今全世界的人都喜欢判断而不喜欢理解，喜欢回答而不喜欢提问，结果小说的声音被人类吵闹的、愚蠢的肯定声音所淹没。

与爱德娜·奥布莱恩在伦敦的谈话

［一九八四］

爱尔兰作家爱德娜·奥布莱恩在伦敦已经居住多年，最近搬迁到一条宽阔的、具有十九世纪庄严外观的大街上的寓所。她告诉我说，那条街建于十九世纪七十年代，因情妇和包养的女人而闻名遐迩。房地产经纪人已经开始把麦达维尔区这个角落称为“明天的贝尔格莱维亚区[①]”；当下，它看起来有点像施工人员的场地，因为所有的修缮工作都正在进行中。

奥布莱恩工作的书房面对她寓所后面宽阔的私家花园的绿色草坪。那个花园可能比她童年参加弥撒的克莱尔县那个农庄大好几倍。书房里放着一张桌子、一架钢琴、一张沙发，铺着一块玫

---

① 伦敦富人区。

瑰色东方地毯，颜色深于墙上的大理石花纹的暗粉红色。落地窗外是花园，再远点是一片有小公园大小的梧桐树林。壁炉架上挂着作家早先婚姻中生的两个长大成人的儿子的照片——“我基本都是独自一人在这儿生活”——还有奥布莱恩在《弗吉尼亚：一个剧本》中的女主角弗吉尼亚·伍尔夫著名的、饱含情感的侧面像。办公桌面朝花园尽头的教堂尖顶，上面放着一卷 J. M. 辛格全集，翻开的是《艾兰岛》的一章；还有一卷福楼拜书信集放在沙发上，翻开的页码是与乔治·桑德的通信。在等待我拜访期间，她一直在为她一万五千册短篇小说选集特别版签名，与此同时，听着威尔第歌剧振奋人心的合唱唱片。

她为此次采访着了一身黑色，因此，她白皙的肤色、绿色的眼睛、金棕色的头发就很显眼。这种颜色风格和她那甜美流畅的说话声具有显著的爱尔兰特征。

罗斯：在《马龙之死》中，你的同胞塞缪尔·贝克特写道：“在继续往前迈进之前，我们要说，我不原谅任何人。我希望他们所有的人在冰冷地狱的火海里过上残酷的一生，并持续该死的数代。”这段引文是你一九七六年出版的回忆录《母亲爱尔兰》的卷首语。你用此段引语是否要暗示你自己关于爱尔兰的作品并非完全没有掺杂这种情感呢？坦率地说，我在你的作品中没有感觉到这样的尖刻。

奥布莱恩：我选择那段引文是因为我现在或者过去，尤其当时，对我生活中许多事情都无法宽恕，于是我就选择能比我说得更畅快、更绝情的人来说这样的话。

罗斯：事实上，你的小说反驳了你不予宽恕的思想。

奥布莱恩：在某种程度上的确如此。但那是因为我是个矛盾冲突的人。当我咒骂的时候，我随后觉得应该平息怒气。这样的情形在我一生中时常发生。我并非生来就抱有十足的憎恨，也不是生来，或者一直就抱有十足的爱意。这就是说，我时常与我自己和别人发生矛盾冲突！

罗斯：你想象中谁是那个未被宽恕的人？

奥布莱恩：那个未被宽恕的人是我的父亲，直到一年前他死去。经过死亡这件事发生了一个内心的蜕变。他死后我写了一个关于他的剧本，代表了他所有的特征——他的愤怒、他的性生活、他的贪得无厌等。我现在对他的感觉不同了。我不想与他重新生活一次或者被重新塑造成他的女儿，但我确实宽恕了他。我母亲是另外一种情况。我爱着她，过分地爱着她，然而她给我留下了一份不同的遗产，一种无所不包的愧疚。我感觉她仍然压在我的肩头，作着评判。

罗斯：所以才有了现在的你，一个有阅历的女人，在谈论宽恕父亲和母亲。你认为仍然被这些问题缠绕是否与你是一位作家有很大的关系呢？如果你不是作家，如果你是律师，如果你是医生，也许你就不会如此过多地考虑这些人了。

奥布莱恩：绝对如你所言。这就是作为作家的代价，对过去始终难以忘怀——痛苦、激动、拒绝，所有的一切。我坚信，这种抱着过去不放的思想，虽然没有希望，但它急切地渴望重构过去，使它发生变化。医生、律师，还有其他许多稳定的公民不会被一种持之以恒的记忆所折磨。他们以自己的方式和我们一样受到烦扰，只不过他们不知就里，因为他们不探究。

罗斯：但不是所有的作家都像你一样如此尽情欣赏童年。

奥布莱恩：我有种执着，我也勤奋。另外，你最有生气和意识最强的时候是在童年，我们试图重新捕捉那强烈的意识。

罗斯：如果不是从女儿的角度，或者女人的角度，而是从小说家的角度考虑问题的话，那么，你认为你有这样的身世——出生在孤立的爱尔兰岛屿，在孤独的农场、脾气凶暴的父亲的阴影下长大，接受的是乡下女修道院关闭的大门后面修女们的教育——很幸运吗？作为一位作家，你在多大程度上得益于你在故事中经常描绘的童年生活中的爱尔兰原始农村世界？

奥布莱恩：确实无可奉告。如果我在俄罗斯大草原上或者布鲁克林长大的话——我父母刚结婚就居住在那儿——我的素材就会有所不同，但我的领悟可能依然如此。我碰巧成长在一个过去和现在都美得令人屏息的国家。所以那种对自然的感情，对青翠景色的感情，以及对土地的感情已经贯注于我的全身。另外，因为没有受到文化或者文学的任何熏陶，所以我写作的渴望是自愿的、自发的。我们家房子里仅有的书籍就是祷告和烹饪方面的书籍，以及纯种马报告。我秘密参与周围世界的一切，关注每一个人的每一点过往，这些材料都是故事和小说的必备基础。从个人层面来看，这些都是相当极端的。所以，所有这些东西混合形成了现在的我。

罗斯：你熬过了孤立的农场、凶暴的父亲、乡下的修道院，却没有丧失掉写作的心灵自由，你觉得吃惊吗？

奥布莱恩：是的，我为自己的坚强而吃惊，但我并不认为我毫发无伤。像驾驶一辆汽车或者游泳这样的事情都是我力不能及的。我在许多情况下都觉得自己是个残废。身体就如犹太神堂一样神圣，但每件事都是潜在的犯罪场合。现在看来，这很有趣，但又并非那么有趣——身体和大脑包含同样多的生活故事。我安慰自己时就想，如果一部分被毁灭了，另一部分则又壮大了。

罗斯：你在成长过程中有足够的钱吗？

奥布莱恩：没有——但曾经有过钱！我父亲喜欢马匹和悠闲安逸。他继承了大片土地和一幢漂亮的石头房子，但他恣意挥霍，土地被出卖，或者以典型的爱尔兰方式被滥用。堂兄弟姊妹从美国回来给我们带来了衣服，我和母亲一样，对这些东西有一种孩子气的喜欢。最让我们兴奋的就是他们来看我们，捎带上这些小礼物，这些都传递了外面的世界、国际化的世界、一个我渴望进入的世界的信息。

罗斯：我尤其被你那些关于战争年代爱尔兰农村的故事打动，因为你记忆的广阔与精确令人叹为观止。你似乎记得成长过程中目所能及的任何东西的形状、质地、颜色和大小——更不要说你看见、听见、闻到、尝到和触摸到的一切的人性意义了。结果散文就如很漂亮的网络，这个充满细节的网络使你把小说中所有汹涌的渴望、痛苦和悔恨都编织于其中。我想问的是，你激情满怀地、准确地重构一个你几十年都没有完整居住过的爱尔兰世界的能力是哪里来的。你是如何保持记忆活跃的？为什么这个消失了的世界还没有放过你？

奥布莱恩：我在某些时候被吸附在那儿，日常的世界和现在的时间都退去。这一回忆，或者不管它是什么，侵袭着我。可它不是我能召唤的某种东西；它只是过来，我成了它的奴仆。我的手忙碌着，我不需要思考；实际上，如果我想思考的话，它就会停止流动。它就如大脑中决堤的大坝。

罗斯：你去爱尔兰是为了帮助回忆吗？

奥布莱恩：我去爱尔兰时总暗暗希望有什么东西会诱发出隐蔽的世界和等待释放的潜在的故事，但这样的事情总没有发生！你很清楚，它总是通过梦境、巧合等曲折形式发生。就我的情形而言，那是通过爱情及其后所激发出来的起伏翻腾的情感才发生的。

罗斯：我想知道的是，你是否有意选择你的生活方式——独居——以阻止某种过于强烈的情感把你与那个过去分离。

奥布莱恩：我肯定我确实是有意的。我抱怨过我的孤独，但它对我来说和与一个男人结合在一起的想法同样珍贵。我常常说，我很愿意把自己的生活划分成苦行、欢跃和工作的交替阶段，但你会发现这与通常的婚姻生活是无法吻合的。

罗斯：许多我认识的美国作家如果想到要离开作为其主题和语言、沉醉的源泉的国家，会丧失勇气的。许多我认识的东欧作家仍然留在铁幕后面，因为专制主义的困难似乎比一个流亡的作家所面临的危险更容易接受。如果说有作家待在旧邻中间的话，那么，在我看来，构成了我的国家二十世纪文学脊梁的两个美国人就是一例：一个是福克纳，他在外国短暂居住之后重回密西西比定居下来；另一个是贝娄，他在漫游之后就回到芝加哥以教书为业。好了，我们都知道，贝克特和乔伊斯自从开始用他们爱尔兰的天资和才能进行实验的时候，似乎都不想或者不需要在爱尔兰有个基地。但你是否觉得，作为年轻的女性离开爱尔兰来伦敦谋生，这对作为作家的你有损失吗？有没有一个爱尔兰，不是你年轻时的那个爱尔兰，为你所用？

奥布莱恩：在一个特定地方站稳脚跟，并把这个地方当成小说发生的场所，对作家来说是个优势，对读者来说是个路标。但如果你发现你的根太具有威胁性，太具有侵犯性，那么你就要离开此地。乔伊斯说，爱尔兰就是吃了一胎小猪的母猪。他是指爱尔兰对自己国家的作家的态度——它粗暴地对待自己的作家们。因此，我们两位最伟大、最辉煌的作家，乔伊斯和贝克特离开爱尔兰侨居外地，就是情理之中的了，不过他们从来都没有放弃过他们独特的爱尔兰意识。以我自己的情形而言，如果我没有离开爱尔兰的话，那么我认为我是写不出任何东西的。我感觉我会被监视，会被判决（程度更甚!），会失去那称为自由的无价商品。作家们总在奔波，我在奔波，逃离许多东西。是的，我将自己逐出，我肯定失去了一些东西，失去了连续性，失去了日复一日与现实的接触。然而，与东欧作家相比，我的优势是，我还是可以回去的。对他们来说就很可怕了，因为那意味着终结、完全的放逐，就像被阻隔于天堂外面的灵魂一样。

罗斯：你会回去吗？

奥布莱恩：间断地回。爱尔兰现在非常不同了，比以前世俗多了。具有讽刺意味的是，对文学的喜爱和对文学的否定都在日益衰落。爱尔兰变得和世界其他地方一样物质化，一样幼稚。叶芝的诗行——“浪漫的爱尔兰已死亡逝去”——确实已经实现。

罗斯：在我给你的书《狂热的心》写的前言里，我引用了弗兰克·图伊在一篇谈论乔伊斯的文章中关于你们两个一些不得不说的话：乔伊斯在《都柏林人》和《青年艺术家画像》中是第一位赋予他的经验和环境的辨识度的爱尔兰天主教徒，而“诺拉·巴纳克尔［先前是侍女，后来成为乔伊斯妻子］的世界要等到爱德娜·奥布莱恩的小说出现”。你能告诉我乔伊斯对你来说有多重要吗？你的故事如《硬汉》是关于一个狡诈的店员被一个流窜的骗子欺骗的故事。在我看来，这个故事就像出自《都柏林人》中某个农村地区，但你似乎又没有受困于乔伊斯语言上的晦涩和内容上的神秘。他对你意味着什么，你如果从他那儿吸取了或者学习了什么东西怎么办，有这位将视野内所有爱尔兰元素都咀嚼过的伟大语言巨擘作为前辈，爱尔兰作家会有多么胆寒？

奥布莱恩：在天才的群星中间，他是一道炫目的光芒，是我们所有人的父。（我这里没有包括莎士比亚，因为对于他来说，找不到合适的人类称号。）我第一次阅读乔伊斯，是我在都柏林码头买的一本艾略特编辑的、价格四便士的二手书。之前，我读的书很有限，多是些装腔作势和希奇古怪的书。我是一位药剂师学徒，梦想着写作。于是我读到了《死者》和《青年艺术家画像》的一节。我被其风格的魔力和对生活的忠实所迷倒。它们简直就是生活。然后，或者说更久以后，我开始阅读《尤利西斯》，但对于一个年轻的女孩子来说，难度确实太大了，太难读进去，也过于男性化，于是我畏缩不前了，只是著名的摩莉·布卢姆那节还能读懂。我现在认为，《尤利西斯》是我读过的书中最有趣、最才华横溢、最复杂难懂、最不乏味的。我随时可以拿起它读几页，感觉到自己刚刚给大脑输入了新的血液。至于说他令人胆寒的那种感觉并没有产生——他只是越过了限度，超越了我们所有的人，用他的话说，就是“远方的亚速尔群岛”。

罗斯：让我们再回到诺拉·巴纳克尔的世界，看看那个世界在诺拉·巴纳克尔看来是什么样的，看看她是怎样看待那些还留在爱尔兰的和那些逃离的人的。实际上，你所有小说的中心都是女人，一般情况下都是她独自一人，与疏离和孤独搏斗，或者寻求爱情，或者在与男人的冒险中遭到奇袭后而退缩。你书写关于女人的故事，但没有任何意识形态的痕迹，或者就我所知，你不关心采取什么样正确的立场的问题。

奥布莱恩：正确的立场就是书写真实，书写自己的感受，而不管任何公共的考虑或者任何小集团。我认为艺术家从来都不通过权宜或者细微的迹象来表明自己的立场。艺术家憎恶和怀疑立场，因为你采取立场的那一刻就成了另外的东西——你是一个记者或者政客了。我所追求的是一点魔术，我不想写小册子或者阅读小册子。我描写过处于孤独、绝望和羞辱处境中的女人，她们常常是男人取笑的对象，几乎总在寻求一种情感上的发泄，但都以失望结束。这就是我的领域，是我从辛苦的经验中了解到的领域。如果你想知道我眼中女性绝望的关键问题，那就是，在希腊的俄狄浦斯神话中，在弗洛伊德对它的探索中，承认了儿子对母亲的渴望；幼儿期的女儿也渴望母亲，但无论在神话里、幻想作品中，还是在事实上，要实现那种渴望是想都不敢想的。

罗斯：然而，你不要忘记那据说是妇女运动引起的“意识”上的变化。

奥布莱恩：是的，有些情形有所好转——女人不再是奴隶，她们表达自己要与男人同酬劳、要受到尊重、不做“第二性”的权利——但在婚姻领域，情况还依然如故。吸引和性爱并非出自意识，而是出自本能和激情，在这方面男人和女人是根本不同的。男人仍然具有更多的权力和自主性。这是由生理决定的。女人的命运就是接受精子，留住精子，而男人的命运就是给予精子，在给予的过程中他耗费了自己，然后退出。她在某种意义上说得到了喂养，而他则在相反的意义上说被消耗，要想恢复精力，他暂时要逃跑。结果，女人因为被抛弃而感到怨恨，不管那是多么短暂的抛弃；他因为逃跑而感到愧疚；尤其重要的是，他内心产生了自我保护意识，以便重新找到自己，重新肯定自己。因此，亲密总是相对的。男人可以帮助做些家务等，但他承担的义务模糊不清，目光四处流盼。

罗斯：难道就没有女人也是乱交的吗？

奥布莱恩：她们有时候乱交，但那没有给她们同样的成就感。我敢说，女人的爱更深沉、更长久。我还要补充说，女人更害怕被抛弃。这种说法今天依然成立。你走进任何女性小卖部、服装店、理发店、健身房，你就会发现足够多的绝望，足够多的竞争。人们喊出了许多口号，但仅仅是口号而已，我们的感受和做法才是决定我们的东西。女人现在和过去一样在情感上没有安全感。她们只是比过去更能接受而已。唯一真正的安全就是远离男人，与他们分开，但那会有点毁灭性——至少对我来说是这样的感觉。

罗斯：你为什么写这么多的爱情故事？是因为这个主题的重要性，还是因为就像我们这个职业里的许多其他人一样，你一旦长大成人，离开家庭，选择了作家这种孤独的生活，性爱就不可避免地成为你可以继续进入的最重要经验领域？

奥布莱恩：首先，我认为对我来说爱情从热情这个方面看代替了宗教。当我开始寻找世俗爱情（即性）的时候，我觉得我切断了自己与上帝的联系。性接替宗教之后，性所承担的重要性就非常深远。它成了我生活的中心，我的目标。我有希斯克利夫/罗切斯特先生综合病症，现在仍然未痊愈。性爱的兴奋在很大程度上是与痛苦和分离联系在一起的。我的性生活对我来说是最重要的，相信对于每个人也如此。思考和完成它要花费很多的时间，但思考性爱是令人自豪的部分。对于我来说，它主要是秘密的，包含着神秘和劫掠的成分。我的日常生活和性生活不是一个整体——它们是分离的。那是我爱尔兰遗产的一部分！

罗斯：既作为一个女人又作为一个作家，最大的困难是什么？你作为一个女作家所面临的困难，我作为男作家是不是就不会面临呢？你有没有想象过你不会面临但我却面临的困难呢？

奥布莱恩：我认为男人和女人之间还是不同的——非常不同。我想，作为一个男人，你后方有一大群女人在等待着你——潜在的妻子、情妇、缪斯、护士。女性作家就没有这种额外津贴了。例子比比皆是：勃朗特姐妹、简·奥斯汀、卡森·麦卡勒斯、弗兰纳里·奥康纳、埃米莉·狄金森、玛丽娜·茨维塔耶娃。我想达希尔·哈米特说过，他不愿意和一个比他问题还多的女人住在一起。我想男人从我这儿得到的信号让他们感到惊恐。

罗斯：你需要找一个伦纳德·伍尔夫。

奥布莱恩：我不想要伦纳德·伍尔夫。我想要拜伦和伦纳德·伍尔夫的混合体。

罗斯：写作这项工作是否对不同性别的人在根本上说都有同样的困难呢？

奥布莱恩：绝对是这样。没有区别。你就像我一样，都企图无中生有地创作出一些东西，焦虑是极度的。福楼拜对他的房间的描写伴随着诅咒和沮丧的哭声。那可能是任何作家的房间。我认为我们未必会选择另外一种生活。独自一人坚持下去，有点坚忍的味道。

与玛丽·麦卡锡的交流

雷诺街141号

75006 巴黎

一九八七年一月十一日

亲爱的菲利普：

谢谢你给我寄来了你的作品《反生活》。我马上兴奋激动地读起来，这种兴奋和激动继续升温，一直到以色列和以色列航空部分都未退去，但在读到圣诞时节英国那段就消失不见了，我无法确切知道原因。也许你比我更能猜出其中缘故。也许把有关作家的书的负面或者“保留”意见告诉他从来都是不明智之举，但我感到有必要这么做，因为我喜欢你最近的一本书，喜欢它的每一部分，非常喜欢，我猜想你之所以把书寄给我，那是因为你对我要发表的观点感兴趣。

所以我将努力说出我的想法。我认为，最精彩的部分就是希伯伦那一章，从任何方面看都出色，把整个问题——以色列——都诚实清楚地摆了出来。我读的时候，不断地把它与贝娄的想象小说相比。我也喜欢早期牙医办公室的那部分，祖克曼这个人物的人格分裂，就像蚯蚓一样，过着独立生活，这种效果是由独立篇章取得的。对我来说这一思想（除非我理解有误）在《格洛斯特郡》和《基督世界》中不见踪影是个遗憾，这两部分本身就使我感到厌烦。我感觉就像是病理学，是一个严肃的反反犹太主义案例。

我记得菲利普·拉夫说过，所有的异教徒，毫无例外地都是反犹太主义的。这样的话，如果一位犹太小说家想在他的作品中塑造异教徒人物的话，那就是个非常可怕的问题了。也许《反生活》英国部分不会冒犯犹太读者，但它们过去激怒和冒犯过。我不是个基督徒（我不相信上帝），但在我是并禁不住成为一个基督徒的限度内（就像一个“好的犹太男孩”禁不住具有犹太人作风），你对基督徒的刻画使我感到恼火愤怒。圣诞，也就是说，道成肉身的思想，远非憎恨犹太人这么简单。不错，我有时想，我们所有的圣诞颂歌对那些非分享者来说是冒犯的，因为他们无法享受到那一美妙时刻的喜乐。但也许非分享者，即那些摩西律法之外的人，可以有个大概的了解，或者努力去了解，就如我努力对哭墙有所了解一样，不管它多么令我反感和排斥，如果我喜欢的话就会这么去做。我承认那个伴有天使、动物和星星的马厩是个比哭墙更可爱的想法；我虽是一个无信仰者，但它极受我喜爱。我身上的基督教残留痕迹也许幸福地盼望着千禧年，以及犹太人的皈依，包括菲利普·罗斯、菲利普·拉夫。

然后还有那关于割礼的事。对一个孩子拿起刀子以使他成为犹太人，人们为什么会对此这么兴奋？我对割礼没有什么非难；我那一代人都接受了割礼——一个时兴的儿科手术——我儿子那一辈人也都接受过割礼。四十年代一定是因为弗洛伊德的影响，受过教育的人都相信割礼是一个迷信（我甚至听人称其为肮脏的犹太迷信），谎称是为了卫生而剥夺男人完整的性乐趣。随后，给婴儿施行割礼就不再时兴。宗教没有进入任何这种事的讨论之中，就如它没有进入诸如母乳喂养和反对母乳喂养的讨论中一样。如果内森·祖克曼不是一个有信仰的犹太人的话，那么他为何对这个问题如此焦虑呢？

如果这令你感到不爽快的话，那么请原谅我。奇怪的是，《反生活》应该非常强烈地提醒我是一个基督徒，不管我想象自己是什么。我成年生活中最后一次产生这种感觉是一九六八年在河内。当时美国轰炸机在头顶盘旋，我觉察出当地领导们的马克思主义—佛教正统观念，对此我内心深处表现出反抗情绪。

去年秋天，我们从来没有与莱昂［·波特斯坦］聚在一起，我很遗憾。我希望明年能相聚。我最近一次见到他是在一个圣诞颂歌场合，就在我们飞回这里之前。

祝新年快乐！

玛丽

福赛特大街 15 号

伦敦 SW10

一九八七年一月十七日

亲爱的玛丽：

谢谢你对拙著作如此细致地评价。我当然很看重你的想法，那也是我把书寄给你的原因。你能如此坦诚相告，我不胜高兴。

首先，你似乎花费了不少时间阅读它，实际上，你把直到最后两章的内容都读了个遍。我不想讨论为什么在最后两章没有抛弃结构上的考虑，而事实上它得到了确定和强化，因为我想那会拖延太长时间，也许听起来就像是个演讲。在所有人中，我并不想对你发表这样的演讲。

我碰巧因为有“严肃的反反犹太主义案例”而（在犹太人中）闻名。你自己和祖克曼也这么声称有过这样的经历。我想所有这些问题使你偏离了该书叙述的上下文和主题的专注考虑。

下面我逐条回答你的问题。

一、拉夫声称，所有异教徒都是反犹太主义的。这当然正是祖克曼在阿戈尔［以色列西岸的一个犹太人定居地］听到的话。他对这样的观点无法赞同。如果他赞同这样的观点的话，那么他怎么还能和玛丽亚·弗雷什菲尔德结婚呢？但那还是最不重要的一点：它与他的经历、时期完全不相符。在我看来，具有讽刺意味的是，受到一种他根本无法信服的修辞的影响后，他回到了伦敦，猛然撞上玛丽亚的妹妹，她对［反犹太主义］憎恨的颂扬，以及她对玛丽亚母亲［的反犹太主义］的含沙射影。还有饭店里的［反犹太主义］事件，以及与玛丽亚绝望地失去控制的［关于英国人反犹太主义的］谈话。所有这些都无法证明所有的异教徒都是反犹太主义的。但它确实迫使祖克曼——温和地说就是，怀疑李普曼［阿戈尔］宣言的同一个人——去处理一个以前一无所知的现象，尽管在世界上（或者由于该事，在英国）这一现象已经并不陌生。我要让他惊恐，失去平衡，受到教育。我要让他面临失去心爱的女人的威胁，就因为这个讨厌、丑陋的老问题似乎在他结婚的这个家庭核心处冒了出来。说真话，我看不出那里有什么让人感到被冒犯了，也许您感到被冒犯和恼怒的并非是这个问题。

二、“圣诞，也就是说，道成肉身的思想，远非憎恨犹太人这么简单。”当然，祖克曼也没有说这么简单。然而，他确实明确表达过（据我所知，这在小说中属于首次）许多犹太人在面对这种事情时碰巧会如何想。不管是否公正，有无道理，他都有点当众受辱了。他所说的话并非你暗示他所说的那样。“但在我和教会仪式［不是道成肉身］之间是一个不可逾越的感情世界，一种自然、完全的不相容——我有一种在敌人的营房里扮演间谍的感觉，觉得我在监视着体现了迫害和虐待犹太人的思想的仪式……我刚好找到了宗教……十足的不合适，而当会众在观看最高的礼拜仪式标准，和牧师们在用最美丽的语言阐述关于爱的信条的时候，那种不合适达到了前所未有的程度。”（仿宋体字是我加上的）你也许觉得这样的推理不正确，但是，一个理解力强的聪明犹太人能够这样想却是个事实。我努力做到真实。

三、“……我虽是一个无信仰者，但它极受我喜爱。”你说，这话的意思是，喜欢“伴有天使、动物和星星的马厩”，甚于“哭墙”。那再次是你和祖克曼分道扬镳的地方。作为一个没有信仰的人，他哪种都不喜欢。他没有觉得圣像或者符号或者它们任何堆放在一起的东西有什么可取之处。另外，祖克曼在举行颂歌仪式时举止优雅，因此看上去至少就像你看哭墙一样。你那时说，不管你对它是多么排斥，你都会努力弄明白那个想法的。我认为你对这几个观点——我不喜欢的一个词——反应过度了。这些观点他知道是由他的犹太人身份决定的，没有其他原因。“然而，从犹太人的角度来看，我仍然在想，他们需要所有这些玩意干什么？”他的异议的确是美学意义上的，不是吗？“尽管坦率地说，我一直觉得，基督教非常危险地、世俗地着迷于奇迹的一点就是复活节，但耶稣诞生节给我的印象一直就是，它在赤裸裸表达最幼稚的需要方面与耶稣复活节几乎如出一辙。”你说我对基督教的描绘使你很恼怒，而如果你对此感到恼怒，那也只好如此了。但你也确实会发现，这与“憎恨犹太人”是不相干的，或者不太相干的。

下面只以小说家的身份来谈（我当一个小说家比作为一个犹太人更称职）。如果祖克曼没有到朱迪亚［阿戈尔所在地］，听到他在那儿听到的话，那么我绝对不会安排教堂里这个场景，或者让他产生这些想法。但我似乎觉得公平——不，我不是这个意思：我似乎只觉得，一个场景引发了另一个场景。我不想让他所有的怀疑都集中在犹太仪式上，而不涉及基督仪式。那样所产生的言外之意就会是错误的，那会使他发现他不再是他自己，那是一个自我憎恨的犹太人——借用一个短语——只冷眼看他自己。

四、“对一个孩子拿起刀子以使他成为犹太人，人们为什么会对此那么兴奋？”上下文，上下文，上下文。这是他对要把他的孩子施行洗礼以讨好玛丽亚的母亲作出的反应，他咄咄逼人而又愤怒的反应。割礼赞歌从那个威胁中产生。如果在这个主题上不愿意听我的话，那么就听玛丽亚如何说。在她的信中（事实上是祖写的，但我将不进入这个主题），她写道："如果这建立了你身为人父的真相的话——那使你重新获得你自己父亲的真相——那就这样吧。"我这里的想法读者很难跟得上。我想到了祖克曼和他自己的父亲，以及祖克曼老人在临终［在《被释放的祖克曼》中］对内森小声说的"私生子"那个词。小的英籍美国人祖克曼施行割礼后成了大的美国人祖克曼，最后解决了那个问题。我认为，那是我的事情，但它在这件事情中出现了。

我想你也没有明白这个割礼对犹太人是多么严肃。我在［伦敦］游泳池衣帽间看见那些没有施行割礼的男人时仍然感到着迷。那个该死的玩意儿从来都不会不引人注目。我认识的多数犹太男人都会有相同的反应。我写作那部书的时候，我问过几个同样没有宗教信仰的犹太男性朋友是否可以让儿子不施行割礼。他们的回答都是否定的，有时他们的回答毫不犹豫，有时会像任何理性主义者一样稍停片刻再给出非理性的回答。祖克曼为什么对割礼如此心存焦虑呢？我希望现在清楚一些了。

五、"如果这令你感到不爽快的话，那么请原谅我。"如果你感觉"爽快"的话，我就会原谅你了。

你的菲利普

马拉默德的画像

“哀悼是件难事，”恺撒说，“如果人知道了，就会少些死亡。”

——出自马拉默德《生好于死》

［一九八六］

我一九六一年在衣阿华市，在大学的作家工作坊教书，在那儿完成了第二本书。当年二月我往西部旅行，去俄勒冈州蒙莫斯一个小的社区学院做讲座。我读研究生时的一位好友在那个学院任教，所以给我发出了邀请。我接受邀请不仅因为我五年来第一次有机会旅行去见见我的朋友贝克一家，而且因为鲍勃·贝克答应我，如果我来他就安排我见见伯纳德·马拉默德。

伯纳德在附近科瓦利斯的州立大学任教。他自从一九四九年离开纽约（人口八百万）和一个夜校的教学职位以来就在科瓦利斯（人口一万五千）——十二年来在远西地区教授一年级英语作文纲要，撰写那本非典型的棒球小说《天生好手》，背景设在无比黑暗的布鲁克林的代表作《伙计》，还有我读过的（或者将要读的）、算得上美国最优秀的四五部短篇小说。其他短篇小说水准也很高。

在五十年代早期，马拉默德的短篇小说发表在《党人评论》和《评论》——发表的那一天——我就开始阅读，然后这些都被收录在《魔桶》中。在我看来，似乎就像塞缪尔·贝克特在长篇小说中为悲惨潦倒的莫洛伊和马龙鸣不平一样，他在为他孤独的犹太人，为他们独特的移民、犹太人失败形式——为那些“永不停止伤害”的笔下人物鸣不平。两位作家都在想象上（尽管不是在群体关系上）与族群的普通生活相联系，从大的社会和历史场景中分离出种族记忆，然后，尽量严密地聚焦他们最无助的同胞所承受的日复一日凄凉的抵抗，创作出深受沉闷的哲学家思想影响的那种灰心丧气的寓言。

如同贝克特一样，马拉默德书写关于贫乏的痛苦世界。他所用的语言完全是他自己的独创，甚至除了那特有的对话风格外，那种英语似乎是从周围最平平无奇的语库里跳出来的——惯用语、倒装法、犹太移民的用词风格、一大堆言辞的碎骨头。在他走过来让它们跟着他悲伤的调子起舞之前，只有波希特带[①]喜剧或者专业的怀乡者才用这种语言。甚至当马拉默德把寓言散文推向极限，他的比喻还保持着谚语的味道。最能表现其有意识创新的地方，就是当他在阴郁而又激动的叙述里表达出深沉的调子的那一刻。他似乎依然固执于老的、朴实的东西，写出最朴实无华的诗歌，使事情比原先还要悲伤："他努力想说出些轻快点的事，但他的舌头固定在嘴里动不了，就像是败落的水果挂在树上一样，他的心像一扇漆成黑色的窗户。"

我一九六一年在俄勒冈州蒙莫斯，在贝克家那座小房子里见到了那个四十六岁的男人。他从来没有透露过能写出这样的句子。对于一个在这样的人中间长大的人来说，伯纳德初看上去就像个保险代理人——会被认为是我父亲在大都会人寿保险公司地区办公室里的同事。马拉默德听完我的讲座后，走进贝克家的门厅，站在门口的鞋垫上脱掉湿漉漉的套鞋。这时我见到的是一位自觉、礼貌的劳动者——这种人的瞎管闲事和谈话就是我童年的背景音乐，一位固执己见、训练有素的保险推销员，在狂吠的狗面前不逃跑，或者天黑后出现在经济公寓的楼梯井顶端不会惊吓了孩子。他不吓唬任何人，但也不会使那个地方欢声笑语、轻松

① 位于纽约北部的卡茨基尔山一带，在20世纪20至60年代是纽约犹太人喜爱的消暑胜地。

愉快：他毕竟是个只有死亡才能惊动的保险员。

那是马拉默德另一件使人吃惊的事情。不怎么笑。他全然没有那些装修简陋、供暖不足的公寓里不时闪现的嬉戏说笑，在公寓里，上演的是他被埋葬的需求。他身上没有任何使《天生好手》变得不同凡响的怪诞的装傻逗趣。在马拉默德的短篇小说如《天使莱文》——后来的《犹太鸟》《学舌的马》——里面的玩笑似乎离开艺术仅一寸之遥，艺术的魅力就是如何在玩笑旁边幽默地游走。然而，在过去的二十五年间，我记得他只和我说过两个笑话，都是犹太人的方言玩笑，描述得很内行，但仅此而已。在长达二十五年的时间中，两个玩笑足矣。

除了对他的艺术承担责任外，没有任何必要去过分做任何事。伯纳德不表现自己，也认为没有必要表现他的主题，当然也不会随便向陌生人表现。如果他愚蠢地试图表现过，那他也表现不了自己，从不愚蠢是他重大责任的一小部分。《新生活日记》中的那个卓别林式的教授，S. 莱维，第一次给大学班级上课的时候，裤裆拉链大开，一而再、再而三地愚蠢逗笑，但伯纳德与他风格不同。卡夫卡不会变成蟑螂，马拉默德也不会变成莱维，在俄勒冈夜色黑暗的山区小路上，滑稽地遇到了性爱带来的灾祸，然后在凌晨三点钟偷偷摸摸半裸着身子往家走，陪伴他的是一位在性上没有得到满足的酒吧女招待，只穿了一只鞋子，戴着个奶罩。莱维这位从前的醉鬼和格里高尔这只虫子，都代表着极致的自我扭曲，使两位作家摆脱了构成他们一本正经的行为举止的节制和体面，这种摆脱是怪异而令人振奋的、受虐狂式的。马拉默德非凡的技艺，如同辛辣的自我嘲讽，是通过海涅所称的Maskenfreiheit即面罩带来的自由而揭示表现的。

悲伤的记录者记载着需求与需求冲突，记载着无情地被阻挡、偶尔减弱的需求，记载着闭塞的生命痛苦地需求光亮、鼓舞，记载着一点点希望——“一个径直向上抛球的孩子瞥见一点苍白的天空”——这个记录者喜欢把自己的需求描述为与别人不相干的事。然而，他的需求苛刻得让人想到都感到难受。它需要长时间严肃考虑良心上所有的要求，因为这需求不得缓解而加倍痛苦。有一个主题无法完全逃过任何一个有思考能力的人的注意，那就是那个可以冒充保险代理人的人其实是讲述关于“克服不了的事情”的幽闭恐惧症故事的寓言道德家。在《伙计》中，那个卑劣的罪犯，流浪汉弗兰克·阿尔派恩，在一家不景气的杂货店里站柜台。他曾经伙同别人抢劫过这家店，所以现在苦行赎罪。他对自己产生了“可怕的洞察”：“一直以来，他的行为就不像他自己，他是一个道德坚定的人。”我很想知道，在伯纳德早期成年生活中，他是否对自己产生过更加可怕的洞察：他是一个道德坚定的人，只能行如其人。

我们从一九六一年二月在俄勒冈第一次见面到一九八五年夏天在他佛蒙特州贝宁顿家中最后一次相见的期间，我每年见他不超过一两次。我曾在《纽约书评》发表一篇关于美国犹太作家的文章，从一个他不喜欢的角度——也不可能希望他喜欢——审视了《费德尔曼画像》和《修配工》。之后几年里，我们一次都没见过。在六十年代中期，我在纽约萨拉托加泉市的雅多艺术家聚居地长期客居，那儿离贝宁顿车程很近。我每当想逃离雅多的孤独几个小时的时候，他和他妻子安就会邀请我过去。七十年代，我们都是雅多社团委员会的成员。我们在每年两次的会议上相见。当马拉默德一家冬天离开佛蒙特到曼哈顿来避难的时候，我正住在纽约。我们会偶尔在他们的格拉梅西公园公寓附近相聚会餐。我开始在伦敦逗留的时候，伯纳德和安来访，就会与克莱尔·布鲁姆和我一起吃饭。

虽然伯纳德和我大多数晚上都一起谈论书籍和写作，但我们很少提到我们自己写的小说，从来没有认真讨论过，因为我们都遵守着小说家中间不成文的礼节，就像有竞争关系的运动队队员都明白，不管他们之间的敬意有多深，但很少有坦率可言。布莱克说："真正的友谊就是对立。"虽然这听起来令人精神振奋，特别对那些好争辩的人来说；另外，虽然同意这句箴言也许在所有可能的领域中都能效果显著，但在这个世界上的作家当中，敏感和自豪足以成为烈性炸药，因此人们会退一步，变得和睦一点，而不需要直接的对立，因为那样你才能有真正的作家朋友。即使那些崇尚对立的作家在完成日常工作之余都会尽量多地参加社交活动。

我于一九七四年在《纽约书评》发表文章以及关于该文的通信之后，我们在伦敦安排再次见面。之前我们好几年没有联系。他来信的特征就是简洁，口语化，只是一个句子。如果这句话单独打印在白纸上，下方是字体不大的整齐签名，那么看上去比听起来就更难把握。他告诉我，我写的关于《费德尔曼画像》《修配工》的评论，“是你的问题，不是我的问题”。我回信告诉他，我也许正好给他帮了个忙，就是威廉·布莱克所赞成的那种。我没莽撞地提到布莱克，但那多少是我的方针：我写的评论将帮助他解决难题。这些通信交流不算糟，不过，也没有一篇通信使我们任何一个人得以列入文学通信经典。

我和伯纳德在伦敦很快就和好了。晚上七点三十分，门铃响了，就如往常一样，马拉默德一家准时到达。在门廊灯下，我亲吻了安，然后，我伸出手向伯纳德走去。伯纳德也伸着手轻快地走上台阶向我走来。因为我们每个人都渴望第一个原谅对方——也许第一个得到——结果握手变成了亲吻，颇像短篇小说《贷款》结尾处可怜的面包师傅利布和那个更不幸的科博特斯基。在马拉默德的故事中，那两个犹太人，曾经一起乘船移民外地，友谊中断多年后再次相见。他们两个在利布店后面倾听着对方生活中所遭受的痛苦磨难，因为故事太感人，利布完全忘记了炉子里烘烤的面包，结果面包变成了缕缕青烟。“盘子里的面包，”故事这样结尾道，“是黑色的砖头——炭黑色的尸体。科博特斯基和面包师相互拥抱，感叹韶华的流逝。他们的两张嘴巴紧紧贴在一起，随后永远地分开了。”然而，我们却永久地成了朋友。

一九八五年七月，克莱尔和我刚从英国回来就从康涅狄格驱车北上去贝宁顿，在那儿与马拉默德一家一起吃了午餐，待了整个下午。前一年的夏天，他们开了两个半小时的车，来南方看望了我们，过了一个晚上。但伯纳德现在已经经不住这样的旅途劳顿了。三年前的那次中风使他元气大伤，身体衰弱了下去。但他努力与身体上的衰弱抗争，不轻易屈服。现在，这样的努力让他更加力不从心了。我们驾车到了那里，马上就发现他是多么地虚弱。伯纳德过去不管什么样的天气总是站在车道上迎接和送行，这次虽然穿着府绸夹克站在那儿，但当他坚强地点头表示欢迎的时候，他看上去好像轻微地歪向一边，与此同时，他似乎只是凭借着意志力支撑住自己，绝对静止不动，就好像稍微一动就会使他轰然倒地。我在远西地区见到的那位四十六岁移民的布鲁克林人，一张严肃、专注的脸庞，秃顶，留着科瓦利斯发型，可以连续工作二十四小时不泄气。他表面的温和、肯帮忙，可能会掩盖住他骨子里的固执，误导了别人的看法——也许那是故意伪装的。但他现在却是个非常脆弱、衰老的人，他的坚韧快要衰竭。

他这样的状况都是搭桥手术、中风和药物导致的。但对于他及他小说的长期读者来说，似乎是这么个情形：他与如此多塑造出来的人物共同分享的不懈渴望和追求——打破自我和环境铁一般的极限，去过更美好的生活——最后敲响了丧钟。他虽然从来没有跟我多谈他的童年生活，但从仅有的一点信息，我得知他的母亲在他很小的时候就过世了，他父亲贫困，兄弟残疾。我想他毫无选择，只能放弃青少年阶段，过早进入成年阶段。于是，他看待成年就像很久以前就是个成年人了。我想起了他写的故事《怜悯》。在这个故事里，他表现了生活中的不屈不挠，特别是对那最固执不屈的渴望的不屈。这是他写过的最令人痛苦的寓言故事。当天国的人口普查者达维多夫盘问一个贫穷犹太人难民是如何死亡的时候，刚刚来到死人中间的罗森回答说："毁坏他一些东西。那就是他如何死亡的。""毁坏什么？""毁坏可以毁坏的东西。"

那是一个悲伤的下午。我们在午餐前于客厅里说了些话，但他很难集中思想。他虽然还志向高远，不愿意放弃有难度的任务，但想到他进行友好谈话都如此具有挑战性，真是令人感到难过。

我们离开客厅到外面后走廊吃午餐时，伯纳德问他是否可以在餐后大声朗读一部小说初稿的开头几章给我听。他以前从来没有询问我对他正在写的小说的意见，因此我对于这个请求感到吃惊。整个席间我也感到烦扰，因为心中想知道那可能是本什么样的书。他酝酿和开始写作这本书是在极度困难中进行的，因为在几年前他连对乘法运算表的记忆都模糊了，他的视力因为中风而受到损害，连每天早晨刮胡须都被他幽默地说成是“一次冒险活动”。

喝过咖啡后，伯纳德到他的书房里取手稿。那是薄薄一沓仔细打印后装订在一起的纸张。安因为背部疼痛而离开休息。伯纳德重新坐回到桌旁后就开始轻声、执意地给克莱尔和我朗读他的小说。

我注意到，在他椅子周围的走廊地板上散落着面包屑。颤抖让进食也变成冒险了。然而他却驱使着自己写出这么多页的小说，再度经历作家严峻的考验。我记起了《伙计》开篇那位年老的杂货商莫里斯·博伯。在一个十一月的早晨，六点钟，他把一箱箱沉重的牛奶从路边拖进房子里；我记得那使他毙命的努力——尽管身体已经接近崩溃，但博伯还是在晚间出门，把商店前面人行道上六英寸厚的三月积雪清除掉。我那天晚上回到家的时候，重新阅读了那几页描写杂货商完成自己工作的最后努力。

> 令他吃惊的是，风把他裹了起来，就像一件冰夹克，他的围裙呼呼带声地飘动起来。他原本期待三月底应该是个温和的夜晚……他把一铲雪又铲到街上。“更美好的生活。”他咕哝着说。

结果我发现每一页纸上打印的字并不多。伯纳德写的那几章极其简洁。我并不讨厌所听到的东西，因为还没有什么让你喜欢或不喜欢——不管他多么想别样思维，但他真的还没有开始。听他朗读就像被带进了一个黑洞，借着手电光看马拉默德涂写在洞穴壁上的第一个故事。

我不想对他说谎，但看着那几张打印出来的纸在他虚弱的手中抖动，我不能讲真话，即使他在等待着真话也不行。我有点闪烁其词地说，它似乎就像所有的开头一样。对于一个七十一岁高龄、在我的一生中出版了由美国人写的最有创意的小说的人来说，这已经够诚实、够说真话的了。出于建设性考虑，我认为叙述展开得太慢了，最好开始写后面一章。我问他后面的发展如何。“接下来是什么?”我这样说，是希望能过渡到他虽然没有写下来但心里已在想的后面计划。

他不愿将用如此代价写的东西这样轻易放手。没有什么比那还容易的了，没有什么比结束更容易的了。他于是用充满愤怒但温和的声音回答说："下面要写什么不是重点。"

接下来是一阵沉默。他感到愤怒，也许一方面因为他如此赤裸裸地表现出缺乏自信，另一方面因为我没有对他的作品作出肯定。他想被告知，他忍受如此苦难而费劲创作出的东西高于他自己心里对它的看法。他因此而痛苦，我希望我可以这么跟他说，而如果我这样说了，他也会相信。

我秋天赴英国之前给他写了个短笺，邀请他和安次年夏天来康涅狄格——因为该我们招待他们了。几周后我在伦敦收到了他的回音，是纯粹、简洁的马拉默德风格。他们很乐意访问，但他提醒我说："次年夏天待次年夏天定。"

他于一九八六年三月十八日去世，即春分前三天。

古斯顿的画

“有一次在伍德斯托克，”罗斯·费尔德说，“我就与古斯顿挨着站在这些画布前。我以前没有见过，因此真的不知道该说什么。我们一度陷入沉默。过了一会儿，古斯顿把拇指指甲从牙齿上挪开。他说：‘你知道，人们抱怨说那是可怕的。好像对我来说是个轻松的工作，我每天都到这里来，立马看见的就是它们。但有什么可选择呢？我想看看我到底有多大承受力。’”

——选自穆萨·迈耶斯所著

《深夜画室：菲力普·古斯顿回忆录》

［一九八九］

一九六七年，因为厌倦了纽约的艺术世界，菲力普·古斯顿偕夫人穆萨一起永远地离开了曼哈顿工作室，定居在伍德斯托克、马弗里克路上的房子里。他们在那里断断续续地住了二十来年。两年后，我也离开纽约躲藏到伍德斯托克一座装修好的小房子里。那儿位于菲力普居住的小镇的另一头。我当时与菲力普并不认识。当时我是在逃避《波特诺伊的怨诉》的出版。我一夜之间臭名昭著，成了性变态，在曼哈顿无法藏身，于是决定逃之夭夭——先是到了北部雅多艺术家聚居地，然后，从一九六九年春天开始，就在离伍德斯托克主街几英里地的一个半山腰草地上租了一座不显眼的小房子。我与一位年轻的女性同住。她正在写博士论文，几年来一直在波德克里夫山边聚居地租住一间小木屋，里面靠一个木炉子取暖。这个聚居地几十年前曾经是伍德斯托克艺术家们一处原始的村庄。我白天就趴在楼上备用卧室的桌子上写作，而她则离开到她的小木屋里去写博士论文。

与一个博士生生活在乡村一点都不奇特反常，这样的生活使你既远离尘嚣，又满足身体上的快乐。考虑到创作的非逻辑性，我在四年时间里创作出一组不太独特的畸形作品。我获得了"狂热的阴茎"的新名声。这煽动了我创作《乳房》的幻想。《乳房》讲述了一个大学教授变成了一个女性的乳房的故事。这个新名声也激发了关于在朴实美国无家可归的异化的滑稽传说，最后演绎成了小说《伟大的美国小说》。我在伍德斯托克感到的满足越纯粹，就越在工作中受到大木偶剧院①过度的诱惑。在想象上从来没有感觉那么形态多样过：此时，我在一天结束之后，把两把躺椅放在草坪上，我们伸展四肢享受卡茨基尔南边山脚下的黄昏之景，对我来说那山就像是难以翻越的阿尔卑斯山，没有任何令人惊慌失措、不相干的事物能够穿过它。我觉得自己倔强固执，无法触及，自由自在，不受任何约束。我献身于——也许是任性地过度献身——摆脱广大的新观众。他们的集体幻想具有极大地改变人的力量。

古斯顿在一九六九年——我们见面的那一年——的情形非常不同。菲力普当年五十六岁，比我年长二十岁。他心中充满了事业有成的中年艺术家可能面临的困惑。他觉得自己已经耗尽了曾经使他成为抽象画家的手段，也对那些为他争得名声的技巧感到厌烦和厌恶。他不想再那么画下去。他试图说服自己不应该再画下去了。但既然只有绘画能够包容他的情感骚动，更不用说开始化解他的自我神话化的偏执了，那么放弃绘画就等于自杀。绘画控制住他一定的绝望和剧烈的情绪无常，他的焦虑从而可以平静

① Grand Guignol，位于巴黎皮嘉尔地区的一家剧院，1897年开张，1962年关闭，主要上演自然主义恐怖剧目。这个词常被用来指生动而不道德的恐怖娱乐活动。

下来，有时他自己都觉得平静得可以一笑置之。但绘画从来都没有让他的噩梦完全停止。

那是无法停止的。那些噩梦他无法用颜料驱散，反而在他去世前十年因为颜料而加重，不朽不灭，从来没有这样以毫无价值的道具得到体现过。如果沉浸在我们自己的梦中以及贝克特和卡夫卡为我们想象的那样闹剧里的话，那种恐怖会更加令人迷惑。菲力普发现——近似于他们的发现，因为都喜欢描绘大胆膨胀的和直截了当地去诗性化的日常事物——十足愚蠢世界中最普通的装置所引发的恐怖。他在加利福尼亚犹太移民家庭长大的过程中，报纸讽刺漫画给他留下的极深印象就是对日常事物不要抱崇高看法。即使在他思辨的激情处于最高峰的时候，美国的劣质性仍旧是他最易动情的主题。他思考——这是《莫洛伊》和《城堡》中的情人们比较熟悉的一种训练——好像作为一个艺术家和作为一个男人，他的一生都依靠于它。这一浅薄现实的普遍意象充满了菲力普个人的悲伤和艺术紧迫性，以致在绘画中形成了一种新的美国恐怖风景。

菲力普中断了与纽约的联系，与没有共识的伍德斯托克当地艺术家毫无往来，离群索居，因此常常感到孤立、忿恨、失去了影响力、来错了地方。他已不是第一次因为死死关注自己非做不可的东西，从而引发出一种异化的黑暗情绪，他也不是美国第一位苦于这一综合症状的艺术家。这种现象在最优秀和最糟糕的人当中都很普遍——只是对于最优秀的人来说，那不一定是出于自大狂的幻想而编造的幼稚的戏剧化的自我表现。从许多方面来看，这都是古斯顿这样的艺术家正常的反应，因为他对每一个最终的美学选择所作的深思的、有才华的、吹毛求疵的详尽研究，都受到盛名之下的误判和简单化的歪曲。

然而，菲力普和他的忧郁并非不可分割。如果与几个他喜欢的、愿意见的朋友在一起，他可能是个非常真诚亲切、不厌其烦的主人，散发出强烈的精神活力，没有任何痛苦的迹象。他在身体方面有一种敏捷的优雅，这与身量庞大的他，狂暴饮酒、面容威严的他，头发苍白的他形成令人动容的对比。古斯顿在五十岁的时候完成了这样的转变，而曾经的他是个深色头发、犹太人特征明显、英俊潇洒、唐璜似的人物。吃饭间，他穿着底部宽松下垂的、吊得很低的卡其布裤子，白色的棉布衬衫敞着怀，露出结实的胸脯，衬衫袖子仍然像在工作室工作时那样卷着。他看上去就像是传统派以色列政客，显示出不容置疑的自信、专横傲慢、不拘礼节。围坐在古斯顿的餐桌旁，分享着菲力普运用高超技术烹制出来的丰盛的意大利面，你是不可能发现任何自我鞭挞成分的，因为他内心深处是极度的自信。也许只有在他的眼睛里，你才能探测出那使人烦恼的犹豫摇摆——从坚强果断到欢天喜地的平衡，再到自杀般的绝望——出现在工作室一天的工作中。

我们之间的友谊得以发展，首先是因为我们思想相近，热爱同样的书籍，共同分享古斯顿称为“胡扯”的东西，从广告牌、车库、餐车、汉堡店、古董商店、修车厂——所有那些我们去金斯敦时碰到的路边玩意儿——到毫不隐讳地直接谈论卡茨基尔公民，以及我们辛劳的总统的尤赖亚·希普式的阴险虚伪。巩固我们友谊的是我们喜欢对方的新作品。我们各自的生活和职业命运虽然不同，但巧合的是，我们最近都进行了类似的自我批评。虽然迫于不同的窘境，但我们都开始认为“胡扯”不仅是个有趣的主题，具有强烈的暗示力量，我们对此都会产生本能的共鸣，而且其本身就是个潜在的工具：一种直截了当的美学手段，帮助我们的表现风格摆脱掉我们习惯推崇的那种繁杂性。这一自我颠覆将产生什么样的结果，大家都拿不准，而一次艺术上的大转变通常所激发出来的那种解放的感觉并不能完全阻止失败的预兆，至少在早期阶段还没有弄清楚你在做什么的时候是这样。

当我因为尼克松的谎言而欢呼雀跃，或者到古柏镇的名人纪念馆去，沉浸于棒球知识，或者认真考虑把一个像我这样的人变成一个乳房——熟读内分泌学和乳腺书籍——的时候，我开始不清楚自己在干什么。此时的菲力普也不清楚他到底在干什么，他把连环漫画灯泡挂在长着狭长眼睛、抽雪茄的三 K 党成员的尖尖

帽檐上，在堆放着鞋子、时钟还有穆特和杰夫[1]熟悉的蒸汽熨斗的小角落里画自画像。

菲力普给《乳房》书中的事件作的插图，是画在普通的打字纸上的。书出版后不久，他有天晚饭后拿来给我看。在此几年前，我在写《我们这一帮》的时候，曾把几章草稿拿给菲力普看，结果他画了一系列讽刺漫画，有尼克松、基辛格、阿格纽和约翰·米切尔。他在画这些漫画时比在给《乳房》作画时更加专注，甚至调侃地想过要把它们以《穷理查》为题出版一个画集。由《乳房》激发而画成的八张漫画只是对某种他所喜欢的东西的

---

① 哈利·康威·“巴德”·费舍（Harry Conway“Bud”Fisher，1885—1954）于 1907 年创造的两个经典漫画人物。

回答。那些漫画没有任何其他企图，只是想讨好我，让我高兴——它们确实做到了！

对我来说，他以讽刺漫画形式画了一个油腻肥厚的乳房，大卫·凯普什教授就莫名其妙地变成了这样一个乳房——他把被苦恼折磨的凯普什看成是一个在通过乳头寻求联系的搁了浅的乳房。而乳头毫不虚饰地代表着笨拙、无言的阴茎和好奇的鼻子——他这样做试图把凯普什的羞辱和孤独都包含在这个囊状物之中，与此同时，他坚持辛辣的喜剧视角。凯普什努力用这样的视角去看待他可怕的变形。这些漫画虽然只不过是菲力普的一种娱乐消遣，但他对自我挖苦个人悲惨境遇的偏好（消除自我怜悯的浪漫的策略，这种自我怜悯在果戈理的《狂人日记》和《鼻子》中使我们惊诧不已）有力地定义了这里的形象，这种偏好也有力地定义了他那些画中的形象，他用威士忌酒瓶和烟头以及可怜的失眠症患者表现自己讨厌的嗜好和可悲的放弃。他也许只是玩玩而已，但他所玩的是一种观点。他就是用这种观点在工作室里开始颠覆他作为画家的过往，毫不回避地描绘他作为一个男人的焦虑。菲力普于一九八〇年去世，享年六十六岁。巧合的是，他在最后几幅画中就把自己表现为忍受着怪诞的变形——并不是变成了一个有思想的、被肢解了的生殖腺，而是变成了一个膨胀的、独眼的、愚钝的头颅，从身体上被割开了的头颅。

重读索尔·贝娄

［二〇〇〇］

《奥吉·马奇历险记》（一九五三）

从一九四四年出版《晃来晃去的人》，一九四七年出版《受害者》，到一九五三年出版《奥吉·马奇历险记》，其间作者的变化是革命性的。贝娄推翻了一切：基于和谐、有序的叙述原则之上的写作选择，受惠于卡夫卡的《审判》、陀思妥耶夫斯基的《双重人格》和《永久的丈夫》的小说家精神气质，以及一种很难说是因为喜欢闪光、色彩和充实存在而产生的道德视角。在《奥吉·马奇历险记》中，小说和小说所代表的世界的宏大、肯定、随心所欲的观点打破了各种各样的自我限制，初学者的创作原则被颠覆，就像《奥吉·马奇》中那五种属性的人物一样，作家自己“极度地着迷”。组织起了《受害者》和《晃来晃去的人》

中主人公的观点和小说的行动的弥漫性的威胁不见了踪影，《受害者》中阿萨·利文撒尔被抑制住的攻击性和《晃来晃去的人》中约瑟夫被阻挡了的意愿都变成了贪得无厌的胃口。对生活自我陶醉的热情以混杂的形式出现，推动着奥吉·马奇向前。驱使着索尔·贝娄的是对眼花缭乱的丰富细节的永不枯竭的热情。

规模在戏剧性地扩大：世界在膨胀，居住在这个世界上不朽的、势不可挡的、雄心壮志的、精力充沛的人们，用奥吉的话说，不会轻易地“在生活的斗争中毁掉”。物质存在的复杂性和那些追求权力的要人们使处于各种表现形式中的“人物”——特别是它持久留下存在印记的能力——与其说是小说的一个方面，还不如说是它全神贯注的对象。

想想妓院中的艾洪，驯鹰的西亚，丁巴和他的战士，西蒙在麦格纳斯家的粗俗辉煌与在木材场的凶暴。从芝加哥到墨西哥、东海岸中大西洋地区，再回来，都是拿奥吉和大人国相比，只是观察者不再是刻薄愤怒的斯威夫特，而是用词语绘画的希罗尼穆斯·博斯，一个美国博斯，一个不布道的乐观的博斯，他在他的人物身上哪怕是最容易滑脱的地方、最具欺骗性的和最具阴谋的地方都能发现人类身上所具有的狂喜。人类的诡计不再引起贝娄主角的妄想狂式的恐惧，而是使他高兴。展现丰富矛盾和歧义的表面不再是惊愕的源泉，相反，一切事情的“混合性质”使人感到振奋。多面性就是乐趣。

冗长的句子以前在美国小说中出现过——主要出现在麦尔维尔和福克纳的作品中——但与《奥吉·马奇》中那些句子有所不同，因为后者的句子给我的印象是过于随意。当随意性控制作家的时候，就会导致《奥吉·马奇》的一些模仿者那样的空洞艳丽。我阅读贝娄随意性的散文时，感觉他的句法表现了奥吉大而强健的自我，那个聚精会神的自我在漫游、发展，总是处于运动之中，交替着被别的力量控制，又逃脱控制。书中有些句子生气勃勃，其欢快的暗流给人留下的感觉是这么多事情在进行，这种戏剧性、表现欲、激情飞扬的纷乱散文带入了生存的推动力，同时又保持了正常的智力。这种不再遭遇抵制的声音弥漫于心灵和精神，同时与情感的神秘也连在了一起。这种声音无拘无束、聪明睿智、全力向前，而且总能敏锐捕捉住事物的大小尺寸。

《奥吉·马奇》第十六章讲述的故事是奥吉刚愎自用的爱人西亚·芬彻尔试图训练她的鹰卡利古拉[①]，去进攻和捕获墨西哥中部阿卡拉外面山周围爬行的大蜥蜴，以使那个“威胁迅猛地从

① 卡利古拉是罗马帝国一位荒淫、残暴的皇帝的名字。

天而降”，照她的安排行事。该章产生了惊人的力量，十六页粗体字，描述了一次独特的人类事件，其神秘的氛围（还有喜剧性）可与福克纳书中伟大的场景相媲美——在《熊》《花斑马》《我弥留之际》中以及《野棕榈》通篇——这里人类的决心与自然的野性相对立。卡利古拉和西亚之间的争斗（为了鹰的身体和灵魂的争斗），那些精彩、精确的段落描写了鹰翱翔空中以满足它美丽的、恶魔似的训练者，但结果令她非常失望，具体表达了几乎每次奥吉的历险中心的权力与驾驭意志的概念。“讲真话，”奥吉在书的结尾处说，“我很诚实，我讨厌所有这些大人物、命运的塑造者、重水脑袋、马基雅维利式的政治家和有魔力的坏人、大亨和施加影响的人、专制主义者。”

在书中值得纪念的第一页上的第二句话里，奥吉引用赫拉克利特的话说：一个人的性格就是他的命运。但《奥吉·马奇历险记》暗示的是否恰恰相反呢？它所暗示的是，一个人的命运（至少这个人的命运，这位芝加哥出生的奥吉的命运）是他人的撞击的性格。

贝娄曾经告诉我：“在我犹太人和移民的血液中，明显存在着怀疑的痕迹，怀疑我是否有权利从事作家这个行业。”他提出，这种怀疑至少部分地弥漫于他的血液中，因为“我们自己在美国由享有特权的白人建立的机构，其主要代表就是哈佛出身的教授们”，认为一个犹太移民的儿子是不适合用英语写作的。这些家伙让他很恼火。

可能正是恰如其分的愤怒，这样宝贵的礼物使他立即投入到第三部小说的创作中。他开头不用“我是一个犹太人，移民的儿子”，而是保证地说，作为犹太移民的儿子，奥吉・马奇打破哈佛出身的教授们（以及任何人）所规定的框框，断然判决，无须道歉或者连字符，“我是美国人，芝加哥出生”。

《奥吉・马奇》开篇那六个字表明了犹太移民中的音乐之子——欧文・伯林、艾伦・科普兰、乔治・格什温、艾拉・格什温、理查德・罗杰斯、劳伦茨・哈特、杰罗姆・科恩、伦纳德・伯恩斯坦——通过向美国（作为主题，作为启发，作为观众）提出自己的要求而给美国的电台、剧院和音乐厅带来了同样过分自信的热忱，如歌曲《愿上帝保佑美国》《这里是军队，琼斯先生》《噢，我多恨在早晨起床》《曼哈顿》以及《老人河》，在音乐剧方面有《俄克拉何马!》《西区故事》《波吉和贝丝》《锦城春色》《画舫璇宫》《飞燕金枪》和《为君而歌》，在芭蕾音乐方面有《阿巴拉契亚的春天》《罗蒂欧》和《比利小子》。回顾十几岁的时候，当时移民正在进行，回顾二十年代、三十年代、四十年代，甚至五十年代，这些美国长大的孩子，虽然父母或者祖父母讲意第绪语，但他们都没有兴趣写矫揉造作的作品（shtetl kitsch），因为这个兴趣六十年代随着《屋顶上的小提琴手》而兴起。他们的家庭移民离开了虔诚的正统和社会独裁主义，即幽闭恐怖症的源头，因此获得自由，他们干吗愿意呢？在世俗的、民主的、没有幽闭恐怖症的美国，奥吉会像他说的那样，“像我自己学会的那样去做，自由的风格”。

明确断言自己在自由风格的美国拥有难以消除的公民身份（还有那五百多页接着要出版的书）真是大胆之举，因为它可以打消他人对索尔·贝娄这样的移民儿子的美国写作凭证的疑虑。奥吉在书的结尾处兴奋地喊道：“瞧瞧我，走遍天涯海角！啊，我可以说是那些近在眼前的哥伦布式的人物中的一员。”他那些有血统来历的上层们不敢相信他可以畅通无阻，有权利随意使用美国语言。贝娄确实是我这样的人的哥伦布，即那些移民的孙子们，那些随他之后成为美国作家的人。

《勿失良辰》（一九五六）

《奥吉·马奇历险记》出版三年后，贝娄出版了《勿失良辰》。这是一部篇幅较短的小说，与《奥吉·马奇》形成了对照。该小说形式简约，组织紧凑，里面充满了悲伤，地点置于曼哈顿西部一家老人旅馆里。书中的人物主要是老人、病人和快死的人，而《奥吉·马奇》则是一部广博、散漫、滔滔不绝的书，对任何事都是奔泻而出，包括作家高昂的情绪，只要能观察到生活的充实和喜悦的地方都要触及。《勿失良辰》描写了一个人在一天当中的最高潮。这个人从任何一种重要的角度来看都与奥吉·马奇相对立。如果说奥吉是捕捉机会的人，没有父亲，贫民窟里明显可以被收养的人，那么汤米·威廉则是犯错误的人，老父亲是成功人士，他无处不在，但不愿意与他和他的问题扯上任何关系。书中对汤米父亲性格的塑造主要是通过他对儿子的无情和厌恶而取得的。汤米遭到了无情的遗弃，成了特别不可收养的人，其主要原因是他不具备奥吉所拥有的足够的自信、生命力、活跃的冒险精神。奥吉的自我是狂欢般的精神振作，被生活的强大激流猛推前行，而汤米的自我被重担镇压——汤米被“委派去运载重担，而重担就是他自己，他典型的自我”。《奥吉·马奇》丰富有力的散文语言增强了自我的吼声。奥吉在书的最后一页上欢快清楚地写道：“瞧瞧我，走遍天涯海角！”瞧瞧我——是孩子强烈要求别人对他注意，喊出了表现狂式的自信。

穿透《勿失良辰》全书的喊声就是救救我。汤米徒劳地喊着，救救我，救救我，我一事无成。他不仅对他的父亲阿德勒博士喊，而且对继阿德勒博士之后所有虚伪、无赖的父亲喊，对他愚蠢地托付自己的希望、金钱或者两者的人喊。奥吉到处被收养，人们蜂拥供养资助他，给他买服装，教育他，改变他。奥吉的需求是聚集生动、浮夸的庇护人—崇拜者，而汤米令人悲悯的是他聚集错误："也许犯错误表达了他的生活目的，表达了他在这里的本质。"汤米在四十四岁的时候，孤注一掷地要找个父亲/母亲，任何父亲/母亲，把他从即将到来的毁灭中拯救出来，而奥吉在二十二岁时就是个好嬉戏、独立、有脱身术的人。

谈到自己的过去，贝娄曾经说过："我一生的范式都是，极端虚弱之时即力量的开始。"他从深渊到巅峰的摇摆再如此循环往复的历史在二十世纪五十年代相继而出的两部书的辩证关系中能找到文学类比吗？《勿失良辰》这部幽闭恐怖症的失败人物编年史是用来纠正前一部作品中压抑不住的热情的吗？是用来纠正《奥吉·马奇》中狂热的直率的吗？通过写《勿失良辰》，贝娄似乎回到（如果不是有意的话，也许只是反省地）《受害者》中的精神气质，回到了一个郁郁寡欢的前奥吉世界，在那儿受审视的主人公受到敌人的威胁，不确定性让他不知所措，因陷入混乱而停止不前，因陷入冤情而无法摆脱。

《雨王汉德森》（一九五九）

《奥吉》出版六年后，他再次迸发出激情。然而，如果说他在《奥吉》中摒弃了前两部"得体的"书的传统的话，那么他在

《雨王汉德森》中则偏离了《奥吉》这部在任何意义上都谈不上得体的书。因为该书的一切都是全新的：异国的场景、暴烈的主人公、生活中喜剧性的灾难即他的生活、无休止的渴望引起的内心骚动、神秘的渴望探索、冲破阻碍喷涌而出后的神话般的（赖希式的?）重生。

两种完全不同的努力被结合在了一起：贝娄的非洲对于汉德森的作用就如同卡夫卡的城堡对 K 所起的作用，为异国他乡的主人公提供了完美的、未知的试验场地，去实现其最深层的、最无法抹除的需求——如果可能的话，他可以通过高强度的有用劳作而打破其“精神的沉睡”。“我想要”这一毫无目标的、发自内心的、原始粗犷的呼喊，很可能出自 K，也同样可能出自尤金·汉德森。当然，两部书的相似之处也就到此告一段落。卡夫卡的人物遇到的障碍永无止境，总无法实现自己的欲望，而汉德森则是一股没有任何目标的人类力量，他的不懈的坚持确实所向披靡。K 是个姓名的首字母，隐指没有任何生平记载——令人悲悯，而汉德森的生平材料则铺天盖地。作为狂饮者、巨人、异教徒、持续处于情感动荡之中的中年百万富翁，汉德森被混乱不堪包围，这种混乱是“我的父母、我的妻子、我的女人、我的孩子、我的农场、我的动物、我的习惯、我的金钱、我的音乐课程、我的醉酒、我的偏见、我的野蛮、我的牙齿、我的脸庞、我的灵魂”!

由于他所有的畸形和错误，汉德森认为自己既是个健康的人又是个有疾病的人。他离家出走（就如构想他的作家那样）来到一个黑人部落居住的大陆，而那些黑人正可治愈他的疾病。非洲就是药物，而汉德森则是药品制造者。

这部书妙趣横生、新颖剔透，它是第二次巨大解放，是一部既想严肃又想不严肃（事实也是）的书，是一部引起学界阅读兴趣又挖苦讽刺这种阅读的书，是一部炫技的书，又是一部真诚地炫技的书——是一部疯狂古怪的书，又是一部不乏伟大疯狂的权威的书。

《赫索格》(一九六四)

摩西·赫索格这个充满矛盾和自我分裂的复杂人物——是个未开化的野蛮人，但又是个“以《圣经》化意识看待个人经历”的真诚之人，天真烂漫如同其老于世故一样显著，感情热烈而又被动冷漠，反省沉思但又易于冲动，心智健全但又精神错乱、情绪化、令人捉摸不透，在痛苦方面是个感情丰富却又简单得令人毫不戒备的专家，他在复仇和愤怒时是个小丑，是个仇恨可以在其身上产生喜剧的愚人，在欺诈的世界里是个圣贤和学识渊博的学者，然而仍漂浮于对事物那童年般的爱、信任和激动的大池塘中（留恋于这种状况，没有任何改变的希望），一个苍老的极度爱慕虚荣的人和自恋癖，对自己的态度充满爱意又苛刻无情，旋转于一个相当广大的自我意识的循环之中，而与此同时，在美学上被任何精力充沛的人所吸引，无法摆脱恃强凌弱者和老板们的吸引，被做作的万事通先生们所吸引，被他们表面的肯定所引诱，被他们的毫不含糊所产生的原始权威所引诱，从他们的激情中汲取养分，直到他被激情完全打垮——这位赫索格是贝娄所塑造出来的最称心如意的人物，就是美国文学中的利奥波德·布卢姆。只有一处不同：在《尤利西斯》中，作者那百科全书般的心灵被转化成小说的语言肌肉组织，乔伊斯从来没有把自己的博学、领悟力和渊博修辞拱手让给布卢姆；而在《赫索格》中，贝娄则赋予其主人公所有这一切，不仅赋予了心灵的状态和心灵的特质，而且还赋予了所以为心灵的心灵。

这一心灵丰富、宽阔，内中烦恼汹涌澎湃，痛苦与愤怒欲溃决而出。这颗迷惑不解的心灵在书的首句就理由十足地公开质疑了心灵的平静，不是以自视高雅的方式而是以典型的白话提出："要是我真的疯了……"这颗心灵坚强不屈，装满了深思熟虑的思想和话语，这颗心灵产生过许多关于世界和历史的一流洞见，但却也怀疑本身最为基本的能力，即理解的能力。

书中通奸情节转折的轴心，让赫索格奔至芝加哥拿起装满子弹的手枪要杀死马德琳和格斯贝奇，但最后却放弃的场景，发生于纽约的一间审判室。当时赫索格正在闲逛，等待律师的到来，他自己遭受过的痛苦偶然之间噩梦般地重演：一位不幸、堕落的母亲正在受审，因为她与堕落的情夫一起谋杀了她自己的小孩。赫索格的所见所闻使他恐惧不已，他对着自己大叫道："我真不理解！"——这是日常生活中普普通通的话语，但对赫索格来说，却是低声下气、充满痛苦、回荡不已的一次承认。这一承认将他精神生活的错综复杂与私人生活中的失误和失望戏剧般地连接了起来。既然对赫索格来说，理解阻碍本能力量，那么，只有当他无法理解的时候才伸手去拿枪（就是他父亲曾经笨拙地威胁要杀死他的那把枪）——但是，最终因为他是赫索格，所以他没有开火。因为他是赫索格（他愤怒的父亲的愤怒的儿子），他发现射出子弹"只不过是一个念头而已"。

但如果赫索格无法理解，那么谁真正理解？而且所有这些思考是为了什么？贝娄书中首先为何如此不受约束地作这些思考？我这里倒不是指《勿失良辰》中的塔姆金或者《汉德森》中的达甫王这些人物所作的放任的思考，他们似乎为贝娄提供了戏弄的智慧去虚构思考以获得娱乐，同时在主人公已足够混乱的心灵上引起了第二种混乱。我是指贝娄作品与罗伯特·穆西尔和托马斯·曼小说的一大标志，即它们几乎无法完成的任务：不仅试图使小说融合心灵而且还使精神思想本身成为主人公困境的中心——在赫索格这样的书中，去思考“思考”这样的问题。

贝娄特别的感染力——不仅对我来说——在于他以特有的美国方式出色地将托马斯·曼和达蒙·鲁尼恩之间的沟壑弥合，而这又没有影响他从写《奥吉·马奇》起就雄心勃勃打算要完成的任务：发挥（自由发挥）曼、穆西尔以及他自己这些作家身上既被生活的景观所吸引又被心灵的想象所吸引的智能，使沉思默想与所表现的取得一致，把作者的深度思想拔至人物叙述的表层，但不降低叙述的再现力，不使作品对本身作表面的反省，对读者没有明显的思想上的要求，也不会像塔姆金、达甫王那样传递无须将之视为问题而解决的智慧。

《赫索格》是贝娄写作生涯中首部涉及性这个广泛领域并进行长篇探讨的小说。赫索格的女人对他来说至关重要，因为她们勾起了他的虚荣，激发了他的肉欲，引导了他的爱，引起了他的好奇。还因为她们认识到他的聪明、魅力和俊美容颜，从而使他滋生了一个男人孩子气的快乐和喜悦——在她们的爱慕中他得到了确认。她们骂出的每一句难听的话，杜撰的每一个称号，头颅的每一次迷人的转动，手的每一次安慰性的触摸，嘴巴每一次愤怒的扭曲，他的女人们都以异性特有的他者性使赫索格神魂颠倒。但也正是女人的缘故——在小说的最后几页，即当赫索格离开了波克夏休养地，甚至离开了善意的雷蒙娜和她独家提供的闺帷之趣，当他最后得以摆脱了另一个女人，甚至也是他最温柔的爱人，并且为了得到恢复，他开始了对他而言是英雄之举的独居生活，抛弃了女人，同时抛弃了解释、辩解和思考，放弃了——如果说是短时间内的话——那无所不包的、习以为常的快乐和痛苦之源——也正是女人的缘故，赫索格变成了一个肖像画家，变成了一个多才多艺的画家，可以像雷诺阿一样慷慨大方地勾勒浓艳的情妇；在描绘可爱的女儿时他表现出德加一样的柔情；在描绘上了年纪的继母时——或者说他自己亲爱的处于卑屈、悲惨移民生活中的母亲——可以像伦勃朗一样悲天悯人，尊重时代，了解困苦；最后，在描述与人通奸的妻子时与杜米埃一样穷凶极恶——他妻子发现自己和赫索格亲爱、富于心计的挚友瓦伦丁·格斯贝奇同样赤裸裸地夸张做作。

在所有文学作品中，没有任何一位男性像赫索格这样易动感情，没有任何一个男人像他一样在与女人交往中积聚了如此强烈的情感。无论作为一个倾慕的求婚者还是作为一位丈夫莫不如此。这位受到奇耻大辱的戴绿帽子丈夫，他嫉妒的怒火之盛和盲目溺爱妻子的天真形成了一幅融合奥赛罗将军和查尔斯·包法利特征的连环漫画。任何人如果想从查尔斯的视角重述《包法利夫人》或者从卡列宁的视角叙述《安娜·卡列宁娜》以取乐的话，他将会发现《赫索格》是最好的基础教材。（这并非说，可以按照赫索格看格斯贝奇的方式，轻易想象出卡列宁透过安娜的光圈看伏伦斯基。）

《赫索格》称得上比《奥吉·马奇》更加丰富，因为贝娄在书中首次满载了性的内容，使得他的虚构世界渗透了苦难的印记，而这样的内容在《奥吉·马奇》和《汉德森》中大部分是被排除的。结果我们还发现揭示出贝娄主人公秘密的更多是疾苦而非欣快。他最为可信和最为重要的时候就是当他的伤口大面积溃烂蹂躏着他，使他失去了对"丰富生活蛋糕"的欣喜胃口之时，就是当羞辱、背叛、忧郁、疲惫、损失、妄想狂、强迫症和绝望等势不可挡地袭击着他之时，因为这时无论是奥吉不懈的乐观还是汉德森神秘的巨人症都无法回避关于痛苦的事实。一旦将汤米·威廉无助的状况嫁接到汉德森的强烈情感——还有奥吉·马奇对浮夸风格和戏剧性的遭遇的爱好——之上，贝娄开始上演一整出贝娄式的交响乐，把悲惨谱写成富有喜剧性的管弦乐。

在《赫索格》中没有持续的、按年月顺序发生的情节——几乎就没有情节——没有发生于赫索格大脑之外的情节。这并非说，作为一个讲故事者，贝娄模仿福克纳在《喧哗与骚动》或者弗吉尼亚·伍尔夫在《海浪》中的技法。《赫索格》里变幻不定的、断断续续的、长长的内心独白似乎与果戈理的《狂人日记》有更多的共同之处，后者那不连贯的感觉是由中心人物的心理状态支配的，而非由作者对传统叙述手法的不耐烦所决定。然而，使果戈理的狂人疯狂，使贝娄的人物心智健全的是，果戈理的狂人无法偷听到自己，因此信念得不到加强，而赫索格的每一种思想中都回荡着自发的反讽与戏仿的潺潺流淌之声——甚至当赫索格处于最困惑之时——这与他对自己的看法和遭受的灾难分不开，不管痛苦是如何地折磨着他。

在果戈理的故事中，那个狂人得到一捆由一条狗写的信件。那条狗是他爱得死去活来的女人的宠物。他狂热兴奋地阅读着那条聪明伶俐的狗写的每一个字，寻找任何指涉他自己的地方。在《赫索格》中，贝娄又胜果戈理一筹：写信的聪明的狗变成了赫索格自己。信分别写给他亡故的母亲，写给他还活着的情妇，写给他第一任妻子，写给艾森豪威尔总统，写给芝加哥的警长，写给阿德莱·史蒂文森，写给尼采（“我亲爱的先生，我可以从听众席上提一个问题么?”），写给夏尔丁（“亲爱的神父……含碳分子是否就是根据思想排列的呢?”），写给海德格尔（“亲爱的博士教授……我很想知道你说的‘堕落为平凡’这句话是什么意思。这种堕落何时发生的？堕落发生时我们站在何处?”），写给马歇尔·菲尔德公司信贷部的（“本人不再负责偿还马德琳·

P. 赫索格的债务”），甚至在结尾部分，还写了一封给上帝的信（“为了把我的思维连贯起来，我的脑子一直在进行努力。我没有做得很好。但是我一直希望能按您那不可知的意志去做，接受它，还有您，而不借助于任何象征。做每一件有意义的事。特别是把我除掉的情况下”）。

这部书如同那些信件一样带给我们千般喜悦，提供了我们解开赫索格那无限智慧并进入他苦难生活的喧嚣深处的钥匙。信件是他强烈思想的表露，为他的才智表演提供了舞台。在这场一人表演中，他是最没有可能扮演傻瓜的角色的。

《塞姆勒先生的行星》（一九七〇）

“我们这个物种发疯了吗?”一个斯威夫特式的问题。简洁的塞姆勒式回答同样体现了斯威夫特的特征：“证据确凿。”

阅读《塞姆勒先生的行星》，使我想起了《格列佛游记》：主人公和二十世纪六十年代的纽约史无前例地疏远；具有他这样历史的人对当时所见证的“性疯狂”者人类状况的责难；格列佛似的迷恋于人类肉体性、人类生物性、身体所引起的几乎神秘的厌恶、它的外貌、它的功能、它的冲动、它的满足、它的分泌液以及气味。然后是全神贯注于身体的根本可征服性。作为一位脆弱的、被迫背井离乡的、大屠杀恐怖的难民，作为一个从纳粹大屠杀中奇迹般逃生的人，从德国灭绝小队以为全部死亡的一堆犹太人里站了起来，只剩下了一只眼睛，塞姆勒先生记住了那让民众信心完全迷失方向的打击——即，在一个伟大的城市里，安全和安全感的消失，随之脆弱的人们产生的恐惧和使人错乱的妄想。

恐惧与厌恶使塞姆勒失去了对人类的信念，甚至使他无法忍受与他最亲近的人——因为害怕“处于热烈状态的心灵……处于极端主义和狂热状态的人性”。贝娄现在描写的不再是热情奔放的奥吉和汉德森那种鲁滨逊式的冒险，而是描写无法理解的天才赫索格的婚姻背叛这样的黑色笑剧，从而展开了对最大的背叛的沉思和想象，至少塞姆勒这位背井离乡者和受害者在对六十年代的斯威夫特式的厌恶中是这么认为的：疯狂的人类背叛了文明的理想。

赫索格在最为痛苦难耐的时刻承认：“我无法理解！”但是，尽管老塞姆勒在冒险的高潮时仍具有牛津毕业生特有的自我克制和素有的超然——他怪异的家庭以及家外，如在纽约街头、地铁里、公交车上、商店里、大学教室等地的放纵、混乱、无法无天——他这一承认（那对我来说就是本书的座右铭）更加具有毁坏性：“我毛骨悚然！”

《塞姆勒先生的行星》的成功在于塞姆勒这个人物的塑造，其证书通过他的欧洲教育——他痛苦的历史，他被纳粹打瞎的眼睛——而自然增长，成了“疯狂的登记员”。主人公的个人困境与所遭遇的具体社会力量并置，这一并置产生的有力、反讽的恰到好处，解释了这里所产生的效果，就如任何令人难忘的小说那样。塞姆勒因其无防备的尊严而明显与众不同。在我看来，他全然就是容纳社会上任何奇异怪诞或者充满威胁的东西的器皿，就是历史的牺牲品，以其丰富的经历为“革命状态中的人类”生动有力地提供了一个严酷的二十世纪视角。

我不知道书中的情节展开谁为先，是疯狂呢还是登记员，是塞姆勒呢还是六十年代。

《洪堡的礼物》（一九七五）

《洪堡的礼物》无疑是贝娄在情绪最为自由放任的巅峰时期完成的欣快、混乱十足的喜剧小说中最为疯癫的，是《奥吉·马奇》《汉德森》《洪堡》等小说代表的自我领域的欢快音乐，这一音乐是贝娄埋头创作那些黑暗、低落的小说期间多少定时地发出来的，如《受害者》《勿失良辰》《塞姆勒先生的行星》《院长的十二月》等。在这些小说里，主人公伤口引发的、使人迷惑的痛苦无论是他们自己还是贝娄都极为看重。（《赫索格》在我看来是贝娄小说中的上品，因为它不可思议地融合了这种典型的歧义性。如果有人希望扮演文学厨师，把《洪堡的礼物》变成《赫索格》，简便的诀窍或会如下：首先，切掉洪堡，把他晾在一边；其次，选取洪堡疯狂的痛苦，将它与西特林沉思式的才华捆绑在一起；最后，把格斯贝奇扔进来——这样你的书就完成了。正是格斯贝奇的背叛引发了赫索格势不可挡的妄想狂，而这一妄想狂在洪堡身上又由西特林引发！）

我说《洪堡的礼物》是最为疯癫的一部小说，还指它是喜剧中最为厚颜无耻的一部，比其他的喜剧都更糊涂，更具狂欢性，是贝娄唯一一部快乐、公开的放荡性小说，恰好也是最不顾后果地杂糅了迥异旋律的一部小说，而且有一个荒谬的、无法不相信的原因：西特林的恐惧。恐惧什么？恐惧死亡，恐惧要面对（不管他的成功和显赫）洪堡的命运。在小说对抢夺、饕餮、偷盗、仇恨、毁灭查理·西特林正在构造的世界所进行的轻快描写背后，在所有一切的背后，包括小说叙述的发散形式背后——西特林热衷于代谢掉鲁道夫·斯坦纳的人类学的那种蔑视灭绝的挑战，在这种热衷里揭示得最为直接——就是他对死亡的恐惧。使西特林迷惑不解的碰巧也是将叙述的得体性吹至天国的东西：被忘却的恐慌和畏惧，平常老套的、普通的、人人都会有的对死亡的恐惧。

西特林说："人类这种愚蠢的胡说使我们远离了大的真理，

这是多么悲伤呀。”但人类的愚蠢胡说是他所热爱并乐于描述的，也是使他活着并感到开心的东西。又说道：“我……何时……升至……挥霍、随便任意的人类之上……进入更高的世界?”更高的世界？西特林会到哪里去呢——贝娄会到哪里去呢——如果没有了人类随意驱使尘世的超级戏剧，这一基本的超级戏剧是对名望（代表人物就是幸运的、精神正常的西特林对应人物，那个不幸的、心智不健全的范·洪堡·弗莱谢尔——洪堡既希望超越世俗，又希望飞黄腾达，他噩梦般的失败成了西特林成功的滑稽模仿）、对金钱（洪堡、撒克斯特、丹尼丝，还有莱纳塔的母亲，还有西特林兄弟朱利叶斯，或多或少还有每一个人）、对复仇（丹尼丝、坎塔比尔）、对尊重（洪堡、坎塔比尔、撒克斯特、西特林）、对最刺激的性爱（西特林、莱纳塔等）的世俗渴望，更不要提世俗间最为世俗的渴望，即西特林自己固执追求永生的渴望了？

若不是因为他可以片晌贪欢于他贬称为“痴愚的地狱”的那种滑稽的贪婪所具有的暴力和骚动之中，西特林为何如此热切地希望永居此地？他说：“有些人非常实际，以致击败了我的批评能力。”甚至击败了以永恒的平静交换他们的堕落邪恶的任何企图。但除了那个痴愚的地狱之外，他的“复杂主体性”在哪里能有那么多的东西要吸收呢？来到某个空想的、没有任何邮政编码的地方，怀旧地用痴愚的地狱故事交换鲁道夫·斯坦纳忧郁的表情？

查理·西特林兴奋记忆的这一痴愚的地狱是否就是猖獗于芝加哥街道、法庭、卧室、餐馆、充满湿气的浴室和办公大楼的那种让塞姆勒感到恶心、邪恶的二十世纪六十年代曼哈顿的化身呢？《洪堡的礼物》似乎是贝娄调制的充满生气的滋补剂，用以弥补《塞姆勒先生的行星》中的悲惨疾苦和道德磨难。这是贝娄的传道书的欢快版：所有一切都是虚妄，什么都不是！

他在芝加哥干什么？

洪堡评说西特林（我的版本第二页）："赚了那么多钱之后，为什么又躲到边远地区去呢？呆在芝加哥干吗呢？"

西特林评说他自己（第六十三页）："我的心处于芝加哥状态。我应该如何描写这一现象呢？"

西特林评说作为一个芝加哥人（第九十五页）："我能感觉到欢笑的需要在增强，这往往标志着唤起了我对惹人关注的事件与事物的喜爱，唤起了我的美国人的、芝加哥人的（个人的）对强烈刺激、不调和与极端的渴望。"

以及（仍是第九十五页）："如果你在芝加哥长大，那么你就很容易接受关于腐败的这一信息了。它甚至满足了某种需要。它与一个人对社会的芝加哥观点相吻合。"

从另一方面看，西特林在芝加哥很不适应（第二二五页）："在芝加哥，我的个人目的成了一句废话，我的观点成了外国的意识形态。"以及（第二五一页）："我很明显地感到，我既不属于芝加哥也没有完全超越它，对我来说芝加哥的物质和每天的兴趣、现象等既不够实实在在、生动逼真，也不够象征性地清晰可见。"

将上述话语铭记于心——像这样的话语遍布于《洪堡的礼物》之中，回顾一下二十世纪四十年代，我们就会注意到，贝娄当作家时还没有像查理·西特林那样因为芝加哥而有条理地看待自己。不错，芝加哥在《晃来晃去的人》中偶尔成为背景，但除了增强弥漫的黑暗阴郁气氛外，芝加哥似乎对主人公来说几乎就是格格不入；它确实与他不相容。《晃来晃去的人》讲述的不是城市中一个人的故事，它是关于一间房间里的一个心灵的故事。贝娄直到写第三部小说《奥吉·马奇》时才充分了解芝加哥是有价值的文学财富，才意识到芝加哥这个确确实实的、引人入胜的美国城市正是他需要的有价值的地方，正如西西里被韦尔加垄断，伦敦被狄更斯垄断，密西西比河被马克·吐温垄断一样。福克纳（美国两位最伟大的二十世纪区域性小说家之一）经过类似的尝试或者谨慎才最终在想象上拥有了密西西比的拉法耶特县。福克纳的第一部小说《军人的薪俸》的场景是佐治亚州，第二部小说《蚊子》的场景在新奥尔良，直到一九二九年至一九三〇年间熟练地完成了《萨托里斯》《喧哗与骚动》和《我弥留之际》等小说后他才发现——就如贝娄第一次即兴地选择了地理位置之后的情形一样——引起人类斗争的场所，而这些斗争反过来激发了他强烈的情感，激发了他对一个地方和其历史充满热情的反应。这一反应使得福克纳的语句晦涩难懂，乃至更甚。

我不知道贝娄开始羞于把芝加哥据为己有，是否因为他不想别人认为他是芝加哥的作家，就如他不愿意被认为是犹太人作家一样。不错，你是芝加哥人，你当然是犹太人——但这些东西怎样在你的作品中得到表现，或者说如果他们必须得到表现的话，不是容易马上思索而得的。另外，你还有其他抱负，其他被你的欧洲大师们，被陀思妥耶夫斯基、果戈理、普鲁斯特和卡夫卡等所激发出来的抱负，这些抱负不包括去写在后廊上唠叨闲聊的邻居们……这一思考方式与贝娄最后决定最近的地点之前的思考方式有某种相似吗？

当然，贝娄在完成《奥吉·马奇》十年之后写《赫索格》时才再次大规模表现芝加哥。自此之后，独特的“芝加哥景色”才持续对他产生吸引，特别当那个城市提供戏剧性的启发时，就像在《洪堡的礼物》中那样：一方面是“开放的生活，这对每个人来说是基础，且易读懂，是伊利诺斯州的芝加哥的特点”；另一方面是全神贯注的主人公的反思倾向。这一博弈得到了有力的探索，是《洪堡的礼物》以及贝娄随后一部小说《院长的十二月》的核心内容。然而，这一探索不是喜剧性的，而是充满仇恨的。情绪阴郁下去，堕落越来越严重，在强烈的种族敌对压力之下，伊利诺斯州的芝加哥变得疯魔：“在自己的地盘……他发现了一片比圭亚那丛林还要荒凉的地方……荒芜……数英里见方的荒地……累累伤口、损伤、癌变、狂怒、死亡……这个巨大地方所有的可怕的荒凉与恐怖。”

这部书的中心是，这个巨大的地方不再是贝娄的。也不是奥吉的、赫索格的，或者西特林的。到他开始写《院长的十二月》时——《奥吉·马奇》之后大约三十年，他的主人公，柯德院长，已经成了这个城市的塞姆勒。

他在芝加哥干什么？这个痛苦的芝加哥人不再明白。贝娄遭到了流放。

译后记

蒋道超

菲利普·罗斯于一九三三年三月十九日出生于新泽西州的纽瓦克市，一九五四年毕业于巴克内尔大学（Bucknell University），次年获得芝加哥大学英国文学硕士学位。在美国当代文学中，他与约翰·巴斯（John Barth）都属于“大学”作家，即他们都在大学里任教。一九五五年至一九五七年，他就任芝加哥大学讲师，此后还任教于美国其他几所大学，一九九二年退休前曾在宾夕法尼亚大学担任比较文学教授。罗斯经历过几次婚姻。他第一任妻子是玛格丽特·马丁森（Margaret Martinson）。二人于一九五九年结婚，于一九六三年离婚。第二任妻子克莱尔·布鲁姆（Claire Bloom）是英国演员。他的第二次婚姻持续了四年便结束了。克莱尔于一九九六年出版了自传《离开玩具屋》以纪念这段失败的婚姻，并对罗斯进行了讽刺。

菲利普·罗斯是美国当代最有代表性的犹太作家之一，被称为“描绘犹太中产阶级生活的天才”[①]。自一九五九年出版《再见，哥伦布》并于次年获美国图书奖以来，他笔耕不已，至今已创作出二十八部小说，被誉为美国文坛“获奖专业户”。二〇〇八年四月十一日，哥伦比亚大学美国研究中心和美国文库出版社联合为他专门举行了一场研讨会，以庆祝他七十五岁生日。美国文库是一家非营利出版社，文库收录的作者大都是“美国文学史上盖棺论定的经典作家”。而罗斯是唯一一位活着的时候全部作品便被收入“美国文库”的作家。早在二〇〇五年，《纽约时报书评》请二百多位著名作家、评论家、编辑推举“过去二十五年来出版的（美国）最优秀的一部小说”。罗斯居然有六部小说入围：《美国牧歌》《反生活》《夏洛克行动》《萨巴斯剧院》《人性的污秽》和《反美阴谋》[②]。哈罗德·布鲁姆对罗斯评价很高，认为他是“美国仍然健在的四位一流小说家”之一，他们是：罗斯、托马斯·品钦、唐·德里罗、科马克·麦卡锡。比罗斯大十八岁，也被认为是他的精神导师的索尔·贝娄对罗斯的第一部小说

---

① Nina Baym. *The Norton Anthology of American Literature*, Vol. E, Sixth Edition, 2003, p. 2276.

② 《菲利普·罗斯：延续当代美国文学传奇》，2009 年 8 月 13 日中国网。

就大加赞誉："与我们闭着眼睛什么也看不见，光溜溜地呱呱坠地不同，罗斯先生一出场，指甲、毛发、牙齿都已长齐，他说话流利，技巧娴熟，机智幽默，富有生气，具有名家风范。"① 无独有偶，批评家欧文·豪也说过类似的话："许多作家需要终其一生刻意追求的那些东西——独特的声音、稳妥的节奏、鲜明的主题——菲利普·罗斯似乎马上就全部得到了。"② 孙甘露在《垂死的肉身》中文版序言里说："菲利普·罗斯应该位于索尔·贝娄和约翰·厄普代克之间。这样说不是基于某种商业的或者学院批评的顺序，而是说他们比肩而立。"罗斯的创作产量与质量都使人们相信他最有实力获得最高文学奖——诺贝尔文学奖，因为他毫不逊色于已经获得诺贝尔文学奖的海明威、福克纳、贝娄等。

《行话》是一部采访录，记载了罗斯与普里莫·莱维、阿哈龙·阿佩尔菲尔德、伊凡·克里玛、艾萨克·巴什维斯·辛格、米兰·昆德拉、爱德娜·奥布莱恩、玛丽·麦卡锡、马拉默德、索尔·贝娄等犹太作家和艺术家的谈话。在这些谈话中，罗斯向读者揭示了诸多过去鲜为人知的事件和鲜为人知的思维方式，透

---

① 《菲利普·罗斯：延续当代美国文学传奇》，2009年8月13日中国网。

② Hyman, Stanley. *A Novelist of Great Promise: Philip Roth*. Philadelphia: Chelsea House, 2003, p. 8. 转引自袁雪生，《论菲利普·罗斯小说的伦理道德指向》，《外国语文》，2009年第2期。

视了经历过大屠杀的犹太作家和艺术家的心路历程，使读者明白是什么精神支持他们最终从集中营中死里逃生，这段经历是如何影响着他们未来的创作方法、创作主题和生活态度，他们的犹太身份在今后的生活中和艺术创作中如何体现等。我们也会发现，罗斯本人的小说创作在何种程度上受到了这些犹太作家和艺术家谈话的影响。例如，在与莱维和艾萨克·巴什维斯·辛格的谈话中，他接受了这样的思想：犹太人在所生活的国家对他们的文化和政治生活作出了重要贡献，又通过忠于犹太文化传统而保持着自己的身份。拥有两种传统，对犹太人（不仅限于犹太人）来说，是一笔财富，对于作家（还不仅限于作家）来说也是如此。在与阿佩尔菲尔德的谈话中，罗斯显然认同儿童视角的叙述，也极为认同他对历史的看法。他们都认为历史解释与他们格格不入，因为第二次世界大战中的犹太人经历并非属于“历史”范畴，而是原始神秘的力量使然，而他们对其中所含的意义没有任何了解。在他们看来，“这个世界似乎是理性的（有火车、发车时间、火车站和工程师），但这些只是想象的旅行、谎言和诡计，只有深奥的非理性冲动才能虚构出来。我过去不懂，现在仍不懂，那些凶手的动机”。在与伊凡·克里玛的谈话中，读者会更加了解罗斯对卡夫卡的崇拜。罗斯认为，卡夫卡的“小说一直所坚持的就是，看上去似乎难以想象的幻觉和毫无希望的诡论其实正是构成我们现实的东西”。我们在他的小说《乳房》中正式看到了卡夫卡式的变形主题。与爱德娜·奥布莱恩和米兰·昆德拉的谈话也透出了罗斯对性的理解以及在作品中的处理方式。他们都在小说里直露地描写了性，但并不认为那是渲染色情，而是认为性是人的最深层的东西，最能体现人的本质，最能放射出异常强烈的光芒。而罗斯与玛丽·麦卡锡的谈话更是直奔主题：谈论罗斯的小说《反生活》。这无疑为读者打开了一扇理解该书之门。当然，罗斯对前辈犹太美国作家马拉默德和贝娄的描写，不仅使我们更深入地了解了这两位作家创作过程和生活中的细节、创作风格和主题，也使我们看到了他与这两位作家之间的联系。

图书在版编目(CIP)数据

行话：一个作家和他的同行及其作品 /（美）菲利普·罗斯(Philip Roth)著；蒋道超译. —上海：上海译文出版社，2020.3

（菲利普·罗斯全集）

书名原文：Shop Talk：A Writer and His Colleagues and Their Work

ISBN 978-7-5327-8364-9

Ⅰ.①行… Ⅱ.①菲… ②蒋… Ⅲ.①访问记-作品集-美国-现代 Ⅳ.①I712.55

中国版本图书馆 CIP 数据核字(2020)第 035910 号

图字：09-2018-727 号

行话：一个作家和他的同行及其作品
[美] 菲利普·罗斯 著 蒋道超 译
出版统筹/赵武平 责任编辑/邹 欢 装帧设计/COMPUS·汐和

上海译文出版社有限公司出版、发行
网址：www.yiwen.com.cn
200001 上海福建中路 193 号
杭州宏雅印刷有限公司印刷

开本 890×1240 1/32 印张 6.5 插页 5 字数 90,000
2020 年 4 月第 1 版 2020 年 4 月第 1 次印刷
印数：0,001—5,000 册

ISBN 978-7-5327-8364-9/I·5129
定价：62.00 元